엄마의 마지막 눈물

초판 1쇄 인쇄 2011년 11월 7일 | 초판 1쇄 발행 2011년 11월 15일 | 지은이 이순교 | 펴낸이 임용호 | 펴낸곳
도서출판 종문화사 | 편집 김연정·김유선 | 표지·본문디자인 민선영 | 영업 이동호 | 인쇄·제본 한영문
화사 | 출판등록 1997년 4월 1일 제22-392 | 주소 서울시 중구 충무로 4가 120-3 진양빌딩 673호 | 전화 (02)
735-6891 | 팩스 (02) 735-6892 | E-mail jongmhs@hanmail.net | 값 12,500원 | ⓒ 2011, Jong Munhwasa
printed in Korea | ISBN 978-89-87444-90-1 03810 | 잘못된 책은 바꾸어 드립니다.

|이순교 장편소설|

엄마의 마지막 눈물

종문화사

차례
CONTENTS

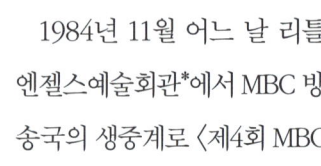

1984년 11월 어느 날 리틀 엔젤스예술회관*에서 MBC 방송국의 생중계로 〈제4회 MBC 대학가곡제〉 결선이 열렸다.

장려상, 동상, 은상 수상자 발표는 이미 끝났다.

분위기를 띄우는 팀파니 소리를 배경 삼아 차인태** 아나운서의 멘트가 계속된다.

"이제 금상과 대상만 남았습니다."

"금상의 후보는 〈초혼〉입니다."

"대상의 후보도 〈초혼〉입니다."

"한 곡은 ○○대학교의 ○○○씨가 작곡한 〈초혼〉이며, 또 한 곡은 서울대학교의 이순교 씨가 작곡한 〈초혼〉입니다."

결국 대상은 내가 차지했다. 아나운서가 대상을 수상한 소감을 부탁했다.

"먼저 하느님께 영광을 돌립니다(깊은 신앙심이라기보다는 그냥 습관이었다). 부모님께 감사드립니다. 그리고 대구의 안승태 선생님께 감사드리고, 지도교수님이신 이성재 선생님께도 감사드립니다. 끝으로 현

* 현 유니버설아트센터.
** 방송인. 80년대 최고의 인기를 누린 아나운서.

주 엄마께 감사드립니다."

"현주 엄마가 누구신지? 혹시 결혼이라도……?"

"아! 예, 현주 엄마는 제가 고등학생일 때 피아노를 가르쳐 주시던 선생님입니다."

그 대답에 많은 관중들이 폭소를 터뜨렸던 것으로 기억한다.

어릴 적 동네의 형과 누나들이 숨바꼭질을 할 때 나도 함께 끼워달라고 부탁했다가 거절당하면, 웃을 수도 없고 눈물을 보일 수도 없어서 이를 꽉 깨물고 하늘을 보았다. 그리고는 이미 흘러버린 눈물을 감추려 애썼다. 괜히 바람이 불어 눈에 티가 들어간 것처럼 연기를 했다. 눈물을 보이면 창피하니까.

대상을 수상하려 무대에 섰을 때 코끝이 찡해지며 눈물이 나려고 했다. 이때도 눈물을 참으려고 아주 많이 노력했다. 모든 관중들이 나를 보고 있잖은가! 그리고 기쁨의 눈물을 흘리기에는 이미 너무나 많은 눈물을 흘려버렸던 것은 아닐까?

"지금 대상을 수상하셨는데, 혹시 예상을 하셨습니까?"

"예, 열심히 준비했기 때문에 자신 있었습니다."

그 대답에 대하여 어떤 사람들은 건방지다고, 어떤 사람들은 당당해서 좋았다고 말했다.

꿈속에 그려라

배고프던 시절,

크리스마스에 교회에 가면 빵을 나누어 주던 시절,

한 소년이 시골 교회에 다녔다.

크리스마스엔 세계 어디에서나 그렇듯이 조그만 시골 교회에서도 크리스마스 행사가 있었다.

남자 중학생 둘, 여자 중학생 둘이 사중창으로 노래를 했다.

꿈속에 그려라 그리운 고향

옛 터전 그대로 향기도 좋다

지금은 사라진 동무들 모여

옥 같은 시냇물 개천을 넘어

반딧불 쫓아서 즐거웠건만

꿈속에 그려라 그리운 고향

드보르작의 〈신세계교향곡〉 2악장의 선율에 한국말 가사를 붙인 곡이었다. 소년은 그 곡을 처음 듣는 순간부터 달콤한 기분에 빠져들었다. 그리고 오래지 않아 주변이 온통 놀이터인 동네에 살던 시골 소년은 그 음악을 너무도 쉽게 잊어버렸다.

차가운 바람이 세차게 몰아치던 1월 어느 날.

부모님 심부름을 갔다가 돌아오던 소년의 발목에 차가운 바람이 종이 한 장을 실어다 주었다. 그 시절엔 군밤, 군고구마, 호떡 등을 담는 모든 봉투는 교과서, 노트 아니면 신문지였다. 보통 때면 다리를 몇 번 흔들어 그 종이를 다시 바람에 휑하니 날려 보냈겠지만 그날따라 소년은 발목에 착 달라붙은 종이를 그냥 날려 보내지 않고 허리를 굽혀 종이 위에 쓰인 내용을 보았다.

세상에 태어나 처음 들었던 너무나도 감미롭고 황홀한 드보르작의 〈신세계교향곡〉 2악장에 가사를 붙인 악보가 그 종이에 있었다. 소년은 단 한 번 들었던 선율을 기억해 종이를 보면서 노래했다. 노래는 그치지 않고 끝까지 계속되어 소년을 황홀경 속으로 몰고 갔다.

"……지금은 사라진 동무들 모여, 옥 같은 시냇물 개천을 넘어, 반딧불 쫓아서 즐거웠건만, 꿈속에 그려라 그리운 고향……"

그리하여 소년이 작곡가의 꿈을 키웠는지도 모르겠다.

몹시 추운 날이었지만 소년의 가슴속은 따스했다.

광명원光明院

소년이 태어난 동네의 이름은 광명원이다.

'찬란하게 밝은 마을'이라는 뜻을 담고 있지만 그 동네에 사는 모든 아버지들은 앞을 보지 못했다.

광명원은 6·25전쟁 중 부상당하여 시력을 잃은 특급국가유공자*들을 위하여 정부에서 지어준 집단촌이었다.

소년의 어머니를 포함해 그 동네에 사는 대부분의 어머니들은 시력에는 별문제가 없었으나 한두 명을 제외하고는 거의 한글을 읽지 못했다.

행정구역상으로는 '대구시 남구 봉덕동'에 속해 있었으나, 버스에서 내려 논밭을 지나고, 고아원을 지나고, 개울을 건너고, 다랭이논**과 밭을 지나고, 예비군훈련장을 지나야 비로소 도착할 수 있는 산 중턱에 위치한 마을 광명원!

* 군에서 복무하다 부상을 입고 제대한 병사. 당시는 '상이용사'라는 말을 더 많이 썼다.
** 경사진 산비탈을 개간하여 층층이 만든 계단식 논.

동네 뒤에는 아이들이 전쟁놀이를 하기에 알맞은 자그마한 놀이터 같은 뒷동산이, 동네 옆으로는 밤도 따 먹고 도라지도 캐고 산토끼도 몰던 큰 산이, 동네 앞에는 종이배 띄우기를 하고 놀았던 실개천이 있었고, 실개천 너머에는 여름철에 수영도 하고, 개구리도 잡고, 겨울엔 얼음지치기를 하던 작은 연못이 있었다.

농한기에는 운동장이 되는 끝없이 펼쳐진 논과 밭이 동네를 감싸고 있었다.

동네의 대부분 가정은 나라에서 주는 적은 월급으로 살아야 했다.

팔이 한 개냐 두 개냐가 문제였지 앞을 못 보는 것은 매한가지인 아버지들이었기에 상대적 빈곤감을 느낄 필요가 없어 행복한 마을, 온 사방이 놀이터인 찬란하게 밝은 동네에서 소년은 행복하게 태어났다.

동네 중앙에는 작지도 크지도 않은 마당이 있었다. 손바닥만 한 크기였지만 아이들은 그 마당을 장군마당이라 불렀다. 세상이 내려다보이는 장군마당의 가장자리에는 아이들 이삼십 명이 올라가서 놀 수 있는 큰 버드나무가 있었다.

봄, 가을에 온 동네의 아이들은 그 나무 위에서 참새가 되었다.

여름에는 매미가 되었다.

겨울에는 번데기가 되어 다가올 미래를 꿈꾸었다.

그 속에서 소년도 한 마리의 행복한 참새, 한 마리의 노래하는 매미, 한 마리의 꿈꾸는 번데기였다.

아버지

시내 중국집에서 단체식사를 할 때 팔이 두 개인 뒷집 상봉이 아버지가 소년의 아버지에게 농담을 했다.

"어이! 이유옥 씨, 유옥 씨는 팔이 한 개밖에 없어서 우짜노? 우리 먼저 먹고 가뿌까요?"

아버지는 대답했다.

"팔이 두 개라고 입이 두 개는 아이지 안심니꺼! 허허허!"

야무지고 성실한 아버지는 8·15해방 전 우체국에 근무했다. 해방 후 일본에서 살다 귀국한 어머니와 결혼했다. 결혼 후 딸 둘을 두었으나 아버지가 6·25전쟁에 나가 있는 동안 둘 다 죽었다.

소년의 아버지는 전투 중 참호 속으로 날아든 수류탄 파편에 맞아 부상을 당했다. 참호에 같이 있었던 모든 대원들이 죽었다. 부상을 당한 아버지는 혼자서 후퇴했다. 피를 너무 많이 흘려 엄청난 갈증을 느껐지만 물을 마시면 목숨이 더 위험해진다는 것을 알고 있었다. 죽으면 더 이상 아내를 볼 수 없다는 생각에 죽음보다 더 큰 갈증의 고통을 참았다. 점점 앞이 보이지 않았다. 그리고 끝내는 정신을 잃었다. 국군에게 발견되었지만 아버지가 이미 죽은 줄 알고 시체실에 삼 일 동안 방치했다. 아버지는 장례식을 치르느라 시체를 옮기는 과정에서 깨어났다. 그리고 국군병원으로 후송되어 대수술이 시행되었다. 수술 후 어느 정도 정신을 차리고 대화가 가능할 즈음 군의관이 아주 염려스럽게 아버지에게 말했다.

"자네, 부상이 심해 아무래도 제대해야 되겠네."

아버지는 웃으며 대답했다.

"정말 제대해도 되겠습니까?"

자신의 심각성을 못 깨닫고 제대가 즐거웠던 것이다. 그러다 아버지는 군의관을 향하여 소리치는 주위 환자들의 괴성을 들었다.

"야! 이 개새끼야 나를 죽여라!"

"살기 싫다는 놈 왜 살려 놓느냐? 이 개새끼들아!"

"나는 죽고 싶다!"

손이 아파 죽겠다고 몸부림치는데 막상 손은 없다.

오른쪽 다리가 아파서 절규하는데 막상 오른쪽 다리는 없다.

실제 팔과 다리는 없는데도 그와 연결된 신경이 살아 있어서 여전히 고통을 느낀다는 것이다.

소년은 생각했다.

'내가 만일 그 현장에서 같은 입장에 처해 있었다면, 깔끔하게 죽을 수 있는 방법을 찾아 모든 시간을 투자했을지도 모르겠어.'

전쟁에서 두 눈과 오른쪽 팔을 잃은 아버지는 소년의 어머니로부터 기독교 신앙을 전해 받았다. 광명원의 앞을 못 보는 몇몇 아저씨들이 술에 취하여 절규하는 모습을 자주 보인 것과 달리 아버지는 하늘나라에 가서 두 팔을 가지고 앞을 보며 소년의 가족이 오순도순 행복하게 살 것을 믿어 의심치 않고 늘 행복해했다.

살다 보면 논리가 상당히 중요할 때도 있다. 신앙이 별것 아닌 것처럼 보일 때도 많다. 특히 종교의 단순한 아집과 독단적인 면을 보며 종교에 실망할 때도 많다. 소년은 자신의 개똥철학이 혹은 그 어떤 위대한 철학자나 사상가의 이론이 아버지를 행복하게 해줄 수 있느냐는 물음을 던진다. 어떤 것도 단순한 신앙만큼 아버지를 행복하게 만들지는 못했을 것이다.

신앙의 기적을 몸소 체험한 아버지의 목적은 정해졌다.
아버지의 모든 친척들과 친구들을 교회로 전도하는 것이었다. 그리고 그들도 함께 하늘나라에서 즐겁게 사는 것이었다.

할머니와 삼촌, 고모 등등 아버지의 친척은 단 한 사람도 교회에 다니는 사람이 없었다. 아버지는 자신이 종교적으로 체험한 기적을 너무나도 전달하고 싶었다. 몇 십 년이 흐른 후 아버지의 모든 친척들이 교회에 다녔고 동네 아저씨들의 절반 정도가 신앙을 가지게 되었다.

전도하는 길에 아버지를 부축하는 것은 거의 소년의 몫이었다. 아버지의 전도 열의에 소년의 자유로운 시간이 박탈된 셈이었다. 노골적으로 싫어하는 집에 전도하러 갈 때에는 더욱더 싫었다. 아버지를 모시고 다니는 시간과 다시 서너 시간의 전도를 위한 대화 시간에는, 놀거리도 없고 친구도 없는 막힌 공간에서 마냥 기다려야만 했다. 어린 소년은 그러한 속박이 너무너무 싫었다. 그래서 소년이 자유로운 작곡가의 길을 선택하게 된 것일지도 모른다.

전도의 목적을 이루기 위하여 소년의 아버지는 끊임없이 기도하고 성경공부도 열심히 했다. 매일 기독교 방송을 들었고, 어머니가 성경을 읽으면 그것을 듣고 점자로 찍어 점자 성경책을 만들었다. 그 책을 글의 눈이 다 닳도록 읽고 읽고 또 읽었다. 보통사람 같으면 열 번도 외웠을 성경 구절도 아버지는 잘 외우지 못했다. 수류탄 파편에 다친 머리 때문이다. 읽어도 읽어도 외워지지 않는 머리 또한 아버지의 축복이기도 했다.

끊임없이 기도하고, 성경말씀을 외우고 외우는 의지의 모습을 보여준 것이 아버지가 소년에게 남긴 큰 유산 중의 하나이리라.

끊임없이 상대방을 설득하여 결국은 교회로 인도하는 의지력을 보여준 것도 큰 유산 중의 하나일 것이다.

무신앙은 신앙을 품어주기 쉽지 않은 것 같다. 신앙은 어느 정도 무신앙을 품어줄 수 있는 것 같다. 아집만 버리면 말이다.

지금은 돌아가신 아버지를 생각할 때면, 소년의 옛 우스갯소리를 들으며 너무나 즐거워하며 크게 웃던 모습이 떠오른다.

　약간 모자란 삼형제와 아버지가 있었다.

　막내가 달력 숫자 위에 쓰인 한자를 자랑스럽게 읽었다.

　"월화수목김……"

　둘째가 아니라며 다시 읽었다.

　"월화수목금사."

　장남이 아니라며 다시 읽었다.

　"월화수목금토왈."

　지켜보고 있던 아버지가 말했다.

　"여보! 왕편* 좀 가져와요!"

---

* 옥편(玉篇)의 옥(玉) 자를 왕(王) 자로 잘못 읽은 말.

콩나물죽

초등학교 시절 소년의 성적표에는 항상 "성격은 온순하나 열등감이 많음"이라고 쓰여 있었다. 소년의 누나들과 형은 학교에서 전교 상위권의 모범생이었고, 교회에서도 실력을 인정받는 일꾼이었고, 마을 사람들에게도 착하다고 인정받는 아이들이었다. 그 누나와 형의 후광을 등에 업은 소년도 모범생이 되는 것은 당연했다. 그럼에도 불구하고 소년이 열등감에 빠질 수밖에 없는 사건이 둘 있었다.

그중 하나는 소년이 아주 어린 시절에 일어난 일이다.

다섯 살쯤 되었을 때였을까? 어머니는 부엌에서 열심히 저녁 식사 준비를 했다. 콩나물죽을 끓였다. 큰 누나와 형은 아직 학교에서 집으로 돌아오지 않았다. 콩나물죽이 익어갈수록 향기가 집 안에 진동했다. 콩나물죽을 너무나 좋아하는 귀여운 막내인 소년은 부엌과 맞닿은 방문지방에 원숭이처럼 매달려서 어머니의 사랑을 확인하는 재롱을 떨고 있었다.

"엄마! 장군이 높아, 대통령이 높아? 엄마! 도깨비가 더 무서워, 달걀 귀신이 더 무서워?"

이같이 쓸데없는 질문을 해도 어머니는 늘 친절하게 대답하려 노력했다.

드디어 콩나물죽이 다 끓어 연탄불 위의 솥이 부엌 바닥으로 옮겨졌다. 솥뚜껑이 열렸다. 부글 툭 부글 툭 하며 공기방울이 터질 때마다 강력한 콩나물죽 향기가 소년의 코를 찔렀다.

"엄마, 내 꺼는 마이 도!"

순간 문지방을 잡고 있던 소년의 오른손이 미끄러졌다. 그리고 수영장에 다이빙하듯이 부엌 바닥을 향해 떨어졌다. 불과 1초도 걸리지 않았겠지만 그 시간이 상당히 길게 느껴졌다. 소년은 떨어지면서 생각했다.

"아! 죽을 못 먹게 되는구나. 엄마에게 호되게 야단맞겠구나. 아! 큰일 났다."

어머니는 잘못에 대해서는 아주 엄하게 벌을 주는 분이었다.

꽝! 소리와 함께 떨어졌다. 떨어질 때 몸을 오른쪽으로 틀어서 왼팔은 무사했다. 그러나 오른팔은 계속 끓고 있던 콩나물죽 속에 담기고 말았다.

순간 소년은 '팔을 빨리 빼면 혹시나 죽을 먹을 수는 있을 것이다. 그러면 엄마는 나를 덜 혼낼 것이다'라고 생각하며 얼른 죽에 담겨 있던 오른팔을 빼내었다.

아주 빨리 팔을 빼내었음에도 불구하고 살이 오징어 껍데기처럼 벗겨져 돌돌 말려 있었다. 소년은 태연한 척하며 말했다.

"엄마, 미안하다. 나는 죽 안 묵으께. 내 팔이 빠졌던 부분만 펴서 버리면 다른 데는 깨끗하이 꺼내 묵을 수 있겠제!"

그리고 이미 팔과 분리되어 돌돌 말려 있는 피부를 왼손으로 하나하나 떼어 내었다. 소년은 마음속으로 '제발 야단맞는 것만 면했으면 좋겠는데! 그리고 말은 그렇게 했지만 내게도 죽을 주면 좋겠는데'라고 생각했다. 용기를 내어 숙이고 있던 머리를 들어 어머니의 얼굴을 보았다.

여걸 중의 여걸, 여장부 중의 여장부인 어머니의 얼굴이 백지장처럼 하얗게 되어 있었다.

"아이고 우짜노?!"

어머니는 방에서 숙제를 하고 있던 작은누나에게 말했다.

"정화야, 빨리 쫓아가서 소주 한 병 사온나, 빨리 빨리!"

그 말을 들은 후에야 소년은 '아, 엄마가 화를 내는 게 아니고 나를 걱정하는구나'라고 생각하며 안도의 한숨을 쉬었다. 잠시 후 소주가 팔에 뿌려졌다. 그리고 된장을 팔에 바르는 그 순간 이후로 기억은 남아 있지 않다. 그러나 그후 보기 싫은 화상 자국은 너무나 확실하고 선명하게 소년의 오른팔에 남았다.

어느 정도 시간이 흐른 후 소년은 '손톱에 의한 상처가 화상의 상처보다는 보기 좋지 않을까'라는 생각에 고통을 참아가며 화상이 심한 부분을 손톱으로 빡빡 긁어 상처를 내었다. 그리고 손톱에 의한 상처가 화상보다는 보기 좋게 낫기를 기대하며 기다렸다. 그러나 딱지가 떨어지고 시간이 흐르면 그 부위는 신기할 정도로 예전의 화상 자국과 비슷해졌다.

한 번으로는 믿을 수 없어서 그러한 행동을 몇 차례 계속했다. 그러나 결과는 똑같았고 화상 부위는 조금도 좋아지지 않았다.

어머니가 손톱에 의한 상처를 보고 물었다.

"순교야, 어데서 넘어졌노?"

"엉, 맹호집 앞 내리막길 내려가다가 넘어졌다."

그러나 소년의 어머니는 이미 다 알고 있었다. 소년이 화상 자국 때문에 몹시 힘들어한다는 것을. 그러나 어머니가 스스로 상처를 내는 소년을 모른 척했던 이유는, 어머니가 그 사실을 말하는 순간 소년이 더 큰 수치심에 빠질 것을 알고 있었기 때문이다. 소년은 아무에게도 화상 자국을 없애고 싶어하는 자신의 비밀을 들키고 싶지 않았다. 어머니는 멀리서 기도를 하며 끝없는 사랑을 줄 뿐이었다.

사실 팔의 화상 자국 자체는 그리 큰 열등감거리는 아니었다. 그러나 어린 소년은 '앞을 못 보는 외팔이 아버지를 모시고 다니는 애가 팔에 보기 흉한 화상 자국까지 있다'는 생각에 열등감이 배가 된 것이었다.

열등감도 자신의 소중한 일부임에 틀림없다. 그리고 지금도 천재 작곡가들에 대한 많은 열등감을 가지고 있다.

천재 작곡가 모차르트를 소재로 한 영화 《아마데우스》에는, 최선을 다하지만 모차르트를 도저히 따라갈 수 없어 열등감에 빠진 인물 샬리에르가 나온다. 결국 모차르트를 죽음으로 몰고 갔던 작곡가 샬리에르는 정신병원에서 이렇게 말한다.

"세상의 모든 평범한 자들이여! 내가 그대들의 죄를 사하노라!"

나는 이렇게 말하고 싶다.
"열등감은 평범하지만 최선을 다하는 작곡가를 만든다. 어쩌면 열등감이 천재를 만들 수도 있다!"

아버지와의 동행

어릴 때 소년은 어른들이 말하는 일제강점기 시절의 이야기를 듣고 순사*가 세상에서 가장 무서운 사람인 줄 알았다. 어른들은 말을 안 듣는 아이들에게 "너 계속 이렇게 하면 순사가 와서 잡아간다. 순사가 얼마나 무서운지 아나!"라는 말을 많이 했다.

가끔 북한에서 무장공비가 침투하는 사건이 있을 때면 순사들이 그 외진 광명원까지 왔다. 그때 소년은 "개~ 삽니다!"라는 말이 들리기 전, 개장사가 동네 어귀에 도착하기 한참 전에 이미 뒷산 어디론가 사라져 버린 바둑이처럼 높은 산 깊숙한 곳으로 도망쳤다. 누구도 발견할 수 없는 움푹 파인 곳에 몸을 숨기고 두려움에 떨며 마음속으로 일일이 자신의 죄를 꼽았다. 앞집 친구 경자에게 거짓말한 것, 뒷집 동생 상경이에게 가벼운 욕한 것, 죄 없는 개구리를 해부한 것, 호박꽃에 들어간 벌을 잡으려고 몰래 남의 밭 호박꽃을 딴 것 등……

* 일제강점기 시절 경찰관의 가장 낮은 계급. 지금의 순경.

어릴 때 소년은 아버지가 대통령보다 더 높은 사람이라 생각했다. 이유는 간단했다. 아버지니까. 비록 앞은 볼 수 없고 오른쪽 팔이 없더라도 아버지는 소년에게만은 세상에서 가장 높은 사람이었다. 순사가 무섭긴 했지만 그래도 아버지보다는 아래였다.

초등학교 입학 전이었던 어느 날, 소년은 어린 나이임에도 불구하고 아버지의 부름을 받았다. 마당에는 광명원의 모든 아저씨들이 모여 있었다. 아버지와 동네 아저씨들은 하루 전에 영웅이집 옆에 있는 조그마한 회의실에서 밤늦게까지 큰 목소리로 오랜 시간 회의를 했다.

다음 날 아저씨들은 회의실 오른쪽 내리막길을 내려가며 시내로 가는 첫걸음을 당당하게 내디뎠다. 그렇게 많은 아저씨들이 한꺼번에 움직이는 것을 소년은 그날 처음 보았다. 앞을 못 보는 동네 아저씨들과 동행하는 사람은 모두 어른들이었고, 어린아이는 소년밖에 없었다. 아저씨들의 발걸음은 버스정류장에 도착할 때까지 힘차고 당당했다. 무언가 좋은 일이 있을 것 같았다. 버스를 타고 그 당시 대구의 중심가인 중앙통에 도착했다. 버스에서 내려 약간의 시간이 조용히 흘러갔다. 그동안 소년은 오 층이나 되는 높은 대구은행 건물을 고개가 꺾이도록 쳐들고 보는 등 시내 구경을 하느라 정신이 없었다. 시간이 흐르자 지금까지 보지 못했던 광명원에 살지 않는 상이군인들도 많이 모였다.

어느 순간 갑자기 앞을 못 보는 상이용사들의 시위가 시작되었다.
"우리는 국가를 위해 몸을 바쳤다. 그런데 왜 우리를 거지 취급하느냐?!"

"우리에게 최소한의 생계비를 지불하라!"

여러 구호가 중앙통에 메아리쳤다. 그 흔한 팻말이나 플래카드는 단한 개도 없었지만 말이다.

얼마 안 되어 그 무시무시한 순사들이 나타났다. 도깨비나 귀신, 강도보다 더 무서운 존재인 순사들이 대통령보다 높다고 생각했던 아버지와 그의 동료들 앞에 나타난 것이다.

소년은 울며 아버지에게 애원했다.

"아부지 갑시더! 아부지 갑시더! 아부지 우린 갑시더!"

소년이 살아오면서 그 순간보다 더 두려운 때는 없었다.

아버지가 앞을 못 보고 오른팔이 없더라도 아직 일곱 살도 되지 않은 소년보다는 힘이 셌다. 다른 상이군인들이 이런저런 구호를 외치는 동안 아버지는 울부짖는 소년과 씨름하느라 별 구호를 외치지 못했다. 얼마나 자신의 억울함을 외치고 싶었을까? 아버지를 뿌리치고 도망가고 싶었지만 아버지가 붙잡는 힘에 끌리는 것 반, 아버지를 두고 갈 수 없는 생각 반 때문에 결국 그 자리를 벗어날 수 없었다. 선봉에선 발버둥치는 몇몇 아저씨들이 경찰차에 태워졌고 결국 앞을 못 보는 모든 아저씨들과 동행인들도 경찰들에 의해 몇 대의 경찰차에 나뉘어 태워졌다. 아버지와 아저씨들은 나라를 위해 몸을 바친 떳떳함이 있었기에 두려움이 없었을 것이다.

그러나 소년은 경찰차에 타지 않으려고 죽을힘을 다했다. 요즈음이면 유치원에 다닐 나이였던 소년은 간접적으로 경찰과 싸워야 했다(소년은 당시 경찰서에 잡혀가면 죽는 줄 알았다). 소년은 노력과는 상관없이 너무나 가볍게 경찰들의 손에 매달려 경찰차로 옮겨졌다. 그 순간부터 두려움에 떨며 눈물 콧물을 흘리며 끝없이 울 수밖에 없었다. 경찰서에 가서도 계속 큰소리로 고함치며 자기의 주장을 펼치는 아저씨들과는 달리 겁에 질린 소년은 구석에 몸을 숨기고 소리도 내지 못하며 울다가 지쳐 잠들었다. 순사가 "너 이놈" 하며 소년을 잡으러 오는 꿈을 꾸며…….

그 일 이후로 소년은 아버지와 함께 다니는 것이 두려웠다. 대통령보다 높은 줄 알았던 아버지가 순사들에게 끌려갔다. 아버지는 소년에게 갑자기 너무나도 연약한 존재가 되어버린 것이다.

'이렇게 힘이 없고 팔도 한 쪽이 없으면서 앞도 못 보는 아버지를 모시고 다니는 나를 보면 학교 애들이 어떻게 놀릴까?'

소년은 초등학교 입학이 싫었다. 다른 주위의 친구들은 입학을 마냥 즐거워했지만 말이다.

소년은 남의 눈치를 적극적으로 보기 시작했다. 그러면서 깊은 열등감 속으로 빠져들었다. 주위의 모든 사람이 마치 순사처럼 느껴졌다. 그러나 그러한 두려움과 함께 시작된 소년의 열등감을 눈치챈 사람은 가족 중에 아무도 없었다.

그 이유는 열 가지이다.

1. 가족 속에서 소년은 그 어떤 다른 생각도 할 필요 없는 사랑 받는 막내이기 때문이다.

2. 가족 속에서 소년은 그 어떤 다른 생각도 할 필요 없는 사랑 받는 막내이기 때문이다.

3. 가족 속에서 소년은 그 어떤 다른 생각도 할 필요 없는 사랑 받는 막내이기 때문이다.

4. 가족 속에서 소년은 그 어떤 다른 생각도 할 필요 없는 사랑 받는 막내이기 때문이다.

5. 가족 속에서 소년은 그 어떤 다른 생각도 할 필요 없는 사랑 받는 막내이기 때문이다.

6. 가족 속에서 소년은 그 어떤 다른 생각도 할 필요 없는 사랑 받는 막내이기 때문이다.

7. 가족 속에서 소년은 그 어떤 다른 생각도 할 필요 없는 사랑 받는 막내이기 때문이다.

8. 가족 속에서 소년은 그 어떤 다른 생각도 할 필요 없는 사랑 받는 막내이기 때문이다.

9. 가족 속에서 소년은 그 어떤 다른 생각도 할 필요 없는 사랑 받는 막내이기 때문이다.

10. 가족 속에서 소년은 그 어떤 다른 생각도 할 필요 없는 사랑 받는 막내이기 때문이다.

작은 피아노

소년의 어머니는 너무나도 바빴다.

농사일, 교회일, 집안일, 아버지와 외출하는 일에 자식들 뒷바라지까지 할 일이 너무나도 많았다. 빨래나 세수는 빗물로도 어느 정도 해결할 수 있었지만, 특히 마실 물을 위해서는 물항아리를 머리에 이고 내려가서 산골 샘물에서 물을 채워 다시 머리에 이고 오르막길을 올라와야 했다. 그 일은 힘이 아주 많이 드는 일이었다.

어머니가 너무 바쁠 때는 어머니를 대신하여 사 남매의 중심에 항상 소년의 큰누나가 있었다. 큰누나와 형이 치러야 하는 중학교 입학시험이 방해하기 전까지는 큰누나의 주도로 소년의 가족은 항상 화기애애한 행복한 시간을 가질 수 있었다.

"처음에는 네 발로 다니고 그다음엔 두 발로 다니다가, 그다음엔 세 발로 다니는 게 뭐게?"

"사람."

"밥은 밥인데 못 먹는 밥은?"

"톱밥."

소년의 형제들이 수수께끼를 내고 답하며 행복한 저녁 시간을 보내고 있었다.

누나와 형 앞에서 무엇인가 하고 싶은 열정으로 소년도 막무가내로 수수께끼를 내었다.

"하얀 보자기에 싸여 물에 동동 떠 내려가는 게 뭘까요?"

누나와 형이 도무지 알 수 없어서 묻는다.

"그게 뭔데?"

"똥."

그 당시 누나와 형은 "에이~!"라는 반응을 보였지만 세월이 흐른 후에는 생생히 기억되는 그 이야기를 떠올리며 더 크게 웃을 수 있었다.

형광등 아래에서 선인장의 꽃봉오리가 그윽한 향기의 베지*색 꽃으로 서서히 꿈틀거리며 피어나는 좀처럼 보기 힘든 장면을 볼 때, 소년과 형제들은 작은 화분 둘레에 모여 앉았다. 큰누나는 소년의 손을 꼭 잡아주었다. 아주 느리지만 눈에 보이게 움직이며 선인장 꽃이 피어나

* '제비'의 방언. '베지색'이라는 제비꽃 색깔(자주색)을 뜻한다.

는 모습은 글자가 없는 아름다운 한 편의 시였다.

토요일 오후 평상에 손잡고 나란히 누워 하늘을 보았다. 남쪽을 향해 날아가는 길고 긴 기러기 떼를 보며 여러 가지를 상상한다. 속으로는 '이제 그만 기러기의 행렬이 끝났으면 좋겠다. 날씨도 쌀쌀한데 방에 빨리 들어갔으면 좋겠다'고 생각하면서도 소년은 기러기 떼를 계속 보고 있다. 기러기가 봐달라고 부탁한 것도 아닌데 말이다.

날이 어두워지고 기러기의 행렬이 뜸해지면 넓은 하늘에 한 글자 'ㅅ'으로 쓰인 그날의 길고 긴 서사시는 비로소 끝이 난다. 그러나 다음날 아침 눈을 뜬 소년과 형제들은 하늘을 보며 깜짝 놀란다. 몇 마리의 지각생 기러기가 부지런히 남쪽을 향해 날아가고 있다. 어제 날이 어두워져 못 보게 된 대서사시의 마지막 점을 찍는다.

소년의 영웅인 형은 경이로운 점이 있었다.

형은 번데기에서 곧 깨어날 나비, 잠자리, 매미가 든 고치가 붙어 있는 나뭇가지를 꺾어 와서 선인장 화분 옆에 걸쳐 놓았다.

번데기가 고치에서 나오며 잠자리, 나비, 매미의 모습을 갖추어 가는 모습을 직접 본 사람은 많지 않을 것이다. 그 곤충들의 날개가 자라나는 모습도 선인장 꽃봉오리가 펴지는 것처럼 눈에 보인다. 그렇게 느린 것에 흥분하고 긴장한 소년과 형제들은 너무 신기해하며 서로가 서로를 향하여 '쉿! 쉬!' 하며 그 긴긴 과정을 깊은 밤까지 지켜보았다. 잠자리의 몸에서 서서히 날개가 피어날 때면 밤하늘의 별들, 여름 밤 평상에 누워 소년과 형제들이 말을 걸면 반짝임으로 대답을 했던 별들도 조금의 질투도 없이 함께 숨을 죽였다.

다음 날 날려 보낸 비실비실하던 그 푸른 잠자리는 지금도 살아 있을까?

새벽녘에야 겨우 젖었던 날개가 마른 노랑나비는 지금 어떤 꽃 위에 앉아 있을까?

생명력이 강한 매미는 바로 날려 보내지 않고 방에서 하루를 더 데리고 논 후 날려 보냈는데, 지금쯤 자기의 짝을 만났을까?

큰누나와 형은 평소에도 공부를 열심히 했고, 또 초등학교에서 중학교를 갈 때도 입학시험을 쳐야 했다. 그래서 시험기간이 되면 더욱더 공부에 집중해야만 했다. 큰누나와 형이 공부에 몰입할 때면 작은누나도 자기의 숙제를 하거나 책을 읽었다.

그럴 때면 외로운 소년은 자그마한 실로폰 속으로 알고 있는 노래들과 함께 즐거운 여행을 떠났다.

소년은 학교에 입학하지는 않으나 교회에서 노래했던 수많은 어린이 찬송가를 알고 있었다. 그리고 누나와 형이 노래했던 동요들도 모두 알고 있었다.

소년이 즐겨 부르던 노래의 선율이 건반이 여덟 개인 작은 실로폰에서 퐁퐁 튕겨져 나와 자그마한 방과 우주를 향기롭게 가득 채웠다.

'아마도 우주의 크기는 광명원 우리 집의 방 크기와 비슷했겠지!'

소년이 깊은 황홀경에 빠져 있을 때 우주의 소음이 들렸다.

"순교야! 시끄럽다! 내일 낮에 치면 안되겠노?!"

"응."

소년은 실로폰을 가지고 습기 차지 말라고 비워둔 농과 벽 사이의 컴컴한 공간으로 들어간다. 또다시 컴컴한 실로폰 여행은 시작된다. 또다시 우주의 소음이 날아든다.

"순교야, 시끄럽다 카이꺼내!"

소년은 실로폰 채를 놓고 손톱으로 건반을 튕겼다. 집게손가락의 손톱이 아프면 중지의 손톱으로, 그것도 아프면 또 다른 손톱으로 바꿔가며 튕겼다.

실로폰의 소리는 거의 들리지 않았다.

그러나 소년은 행복했다.

소년의 마음속에서 실로폰보다 더 아름다운 소리가 우주의 경계를 지나 우주의 바깥까지 울려 퍼지고 있었으니까!

"쏭알쏭알 싸리 잎에 은구슬……"

"미솔솔파 미솔 솔파 미솔파……"

그 소리는 신의 사랑이 닿지 못 할, 어머니의 사랑만이 닿을 수 있는 그곳. 우주를 벗어난 깜깜한 그곳까지 가서 가끔 반짝였을 것이다.

야속한 버스

초등학교 시절 소년과 아버지와의 동행 중 거의 대부분은 아버지의 고향인 불로동으로 가는 것이었다. 그 시절 교회에 다니지 않던 할머니와 고모, 삼촌의 가족, 이외에도 많은 친척들이 불로동에 거주하였다.

아버지를 모시고 불로동을 향하여 광명원을 출발한다. 동네 입구를 벗어나는 길부터 내리막길이 시작된다. 왼쪽은 밭이고 오른쪽은 실개천이 흐른다. 목화밭 뒤에 자그마한 뒷동산을 끼고 돌아 실개천을 건너면 내리막길의 좌우측으로 다랭이논이 계속된다. 또 한번 개천 다리를 건너면 왼쪽에는 밭이, 오른쪽에는 계곡이 있다. 외딴집을 지나면 살짝 오르막길 다음에 또다시 논과 밭을 낀 평평한 내리막길이 나타난다.

그 길에서 소년의 첫 번째 기도는 시작된다.

"하나님 오늘은 제발 우리 반 아이를 안 만나게 해주세요!"

그 길이 끝나는 지점부터 시내와 연결된 첫 번째 동네가 있었다. 그 동네에는 소년과 같은 초등학교에 다니는 아이들이 있었다. 혹시 같은 반 아이가 아버지의 모습을 보고 놀릴 것이 두려웠다. "얼래껄러리 얼래

껄러리! 이순교 아버지는 봉사래요!"라고 놀릴까봐 너무 두려웠다. 광명원의 친구들은 아버지를 모시고 다닐 때 그렇게 두려워하지 않았던 것 같으나 열등감이 유난히 심했던 소년은 거의 공포에 시달렸다.

그 공포의 마을을 지나 십오 분 정도 걸으면 버스정류장(건인약국)이 나타난다. 버스정류장에 도착하기 전부터 소년의 두 번째 기도는 시작된다.

"하나님 오늘은 제발 버스정류장에 많은 사람들이 있게 해주세요!"

그 정류장은 중심가는 아니고 좀 외진 곳이어서 출퇴근 시간을 제외하면 승객이 그리 많지 않았다.

국가유공자는 모든 공공요금을 면제 받는다. 그리고 특급유공자(시각장애 등)의 동반자도 공공요금을 면제받는다. 그것이 원칙이었다. 그러나 어머니는 소년의 기를 살려주려고 요금만은 따로 챙겨 주셨다. 버스를 탈 때면 소년은 요금을 내고 탄다는 것을 자랑하듯이 안내양에게 차비를 자신 있게 내밀었다.

그러나 버스를 한 번에 타는 경우는 많지 않았다. 버스정류장에 다른 승객이 없을 때 대부분의 기사 아저씨들은 버스를 세워주지 않고 그냥 지나갔다. "버스 지나간 후에 손 든다"라는 말이 있지만, 분명히 소년은 버스가 지나가기 전 한참 전부터 세워달라고 손을 흔들었다.

한 대가 그냥 지나가면 한숨 한 번 쉰다.

두 대가 지나가면 울분이 끓어오르다가도, 세 대째마저 지나가 버리면 소년은 그저 하늘을 쳐다보고 흐르는 눈물을 참으려 애쓸 뿐 다른 방법이 없었다.

흐르는 눈물은 닦으면 되고 울음소리는 내지 않으면 되었지만 가슴의 흐느낌이 아버지에게 전달되지 않도록 소년은 그의 어깨를 짚은 아버지의 손을 자신의 손으로 옮겨 잡아야 했다.

그후 소년은 버스를 응징하기로 했다. 왼손에는 차비를 들었다. 오른손에는 소년이 버스를 향해 던질 수 있는 조그만 돌멩이를 들었다. 만약 버스가 세워주지 않고 그대로 가면 돌을 던지기로 마음먹었다. 그리고 실제로 여러 번 그렇게 시도하였다. 그러나 소년은 더욱더 비참해졌다. 지나간 버스를 돌로 맞히기에 어린 소년의 힘은 턱없이 약했던 것이다.

"강해야 한다! 강해져야 한다! 나는 강해져야 한다! 나는 강해질 것이다!"

그러한 상황에서 소년은 스스로 위로하는 것 외에 그 슬픔을 달랠 것이 아무것도 없었다.

그래도 마음씨 좋은 기사들도 많았다. 돌을 던질 필요 없이 바로 버스를 탔을 때는 괜스레 기사 아저씨한테 미안해 하며 살짝 미소를 지었고, 약간 붉어진 얼굴로 돌을 슬그머니 버스 창문 밖으로 버리고는 안도의 한숨을 크게 내쉬었다.

돌아오는 길은 거의 걱정이 없었다. 불로동은 버스의 종점이어서 버스를 기다려서 탈 필요가 없었다. 그리고 상대방에 대한 아버지의 열정이 가득한 긴긴 전도의 시간이 흐르고 흘러 거의 깊은 밤이 되어서야 소년과 아버지는 집으로 돌아왔기 때문에 길에서 같은 학교 애들을 마주칠 염려도 없었다.

지금도 달빛이 아주 밝은 밤에 한강변을 산책하노라면, 달빛이 푸르도록 밝은 어느 날 밤에 아버지와 논밭을 지나는 오르막길을 오르며 느낀 묘한 정취를 다시 한 번 느끼며 미소 짓곤 한다.

저 멀리서 개구리의 울음소리가 들려오는 듯하다.

적당한 논리

그 선생님은 뾰족구두를 신었다.

옷차림도 주변에서 항상 보는 몸뻬나 구닥다리 한복이 아니었고 미니스커트를 입을 정도로 세련미가 넘쳤다.

긴 머리카락이 찰랑거렸다.

키도 컸다.

말투도 약간은 시골 말투와 다르게 서울말이 섞여 있었다.

많은 교인들이 산을 내려가서 교회로 가지만 그 선생님은 시내에서 올라와야 교회에 도착할 수 있었다.

마을 아이들은 그 선생님을 찜선생님이라고 불렀다.

'짐'이라는 인물이 등장하는 동화를 아이들에게 해주고 나서 붙은 별명이었다.

소년뿐 아니라 대부분의 아이들이 그 선생님의 관심과 사랑을 받고 싶어했으리라!

어린이 예배시간이 끝나면 아이들은 선생님들께 동화를 들려달라고 떼를 쓴다. 그 소원이 이루어질 때도 있고 그렇지 않은 때도 있었다.

어느 날 소년은 예배시간이 끝나고 동화를 듣지 못한 채 그냥 집으로 돌아가려 신을 찾고 있었다. 찜선생님 반에 속한 여자아이 몇 명만 동화를 듣기 위해 찜선생님 주위에 둘러앉아 있었다.

소년은 아주 많이 질투가 났다.

옆에 차곡차곡 쌓여 있던 방석 한 개를 집어 들었다.

찜선생님을 향해 던졌다.

아뿔싸! 그 방석이 찜선생님의 정면을 향하여 정확히 날아갔다. 원래 소년의 의도는 던지는 시늉 정도로 끝낼 생각이었다.

방석이 찜선생님의 얼굴을 강타하는 순간 소년은 교회 문을 열고 도망쳤다.

가슴이 뛰고 얼굴이 화끈거렸다.

주위에 아무도 없었지만 너무너무 부끄러웠다.

한마디로 하늘이 무너져 내렸다.

그날부터 소년은 세상의 고통을 홀로 진 듯한 고민 많은 어린이가 되었다. 아무래도 앞으로 찜선생님을 더 이상 볼 수 없다는 생각이 들었다. 너무나 큰 사건이어서 "선생님 죄송합니다"라는 말씀을 드릴 용기도 나지 않았다. 아마도 태어나서 가장 미안했던 순간이었을 것이다.

월요일, 화요일, 수요일 계속 고민을 했다. 그리고 엄마에게 물었다.

"엄마, 정말로 하나님은 회개하면 다 들어주고 용서해주시나?"

"그래."

"그러면 회개하면 천당도 갈 수 있겠네?"

어머니는 흐뭇해하며 대답했다.

"당연히 천당에 갈 수 있지!"

그래서 소년은 열심히 그의 잘못을 용서해달라는 회개를 했다. 한 번이 아니라 아주 많이.

그럼에도 불구하고 찜선생님에 대한 죄책감은 사라지지 않았다.

목요일, 금요일이 지나고 토요일 오후가 되었다.

"아! 이제 큰일 났다. 내일이면 교회에 가야 하는데 어떻게 찜선생님을 볼까?"

도무지 해결되지 않는 문제는 어린 소년을 산으로 이끌었다. 산을 헤매며 다녀도 그 단순한 문제는 해결되지 않았다. 맑았던 산속의 공기가 그의 한숨으로 탁해질 때쯤 이미 주위가 어두워지고 있었다.

산속의 어두움은 빨리 찾아오는 법.

고민에 빠져 있던 소년은 어두컴컴해진 주위를 둘러보며 갑자기 두려움에 빠졌다. 집으로 가는 길을 모르는 것은 아니었으나, 주위의 어떤 형체들이 그의 상상력을 흡입하여 다른 물체, 아니 귀신들로 보이기 시작했다.

그 당시 소년은 달걀귀신과 처녀귀신이 가장 무서웠다. 그의 상상력은 가속도를 내며 더욱더 소년을 공포 속으로 몰고 갔다. 그때 자신도 모르게 머릿속에 떠오르는 말이 있었다.

강하고 담대하라(요한복음 16장 33절).

아버지가 암기하려고 수백 번 이상 반복하던 성경 구절이 떠오른 것이다.

소년은 성경 구절을 반복하자, 두려움이 점차 사라지는 것을 느꼈다.

그리고 한 가지 더 깨달음을 얻었다.

'아하! 내일 찜선생님을 볼 때도 강하고 담대하게 보면 되겠구나.'

그 순간 어린 철학자의 깊고 깊은 고민은 해결되었다. 물론 논리적 오류는 있었지만 말이다. 그러나 가끔은 논리의 적용이 잘 되었느냐, 잘못 되었느냐가 중요하지 않을 때도 있다.

주위에 소년들보다 더 비논리적인 어른들도 무지하게 많지 않은가?!

땡땡이

초등학교에 입학하기 전에 또래의 친구들은 곧 학교 간다며 몹시 흥분했고 즐거워했다. 그러나 소년은 전혀 즐겁지 않았다. 그리고 의아해했다.

'이상하다, 왜 친구들은 학교에 가고 싶어할까? 놀 것은 많고 시간은 없는데.'

소년은 정말 놀거리가 많았다.

집 앞 계곡은 비가 와서 어떻게 변했을까?

달려가서 오 분쯤 걸리는 맹호집 뒤편의 계곡은 어떻게 변했을까?

소년이 봐둔 새밥*은 다른 사람의 눈에 띄지 않고 잘 자라고 있을까?(다른 사람이 보면 안 되는데!)

가시가 주는 고통에도 불구하고 노랗게 익은 탱자를 따는 일에 집착하기도 했다(먹을 것도 아니고, 약에 쓸 것도 아니면서). 팔이 닿지 않는 곳에 열린 노랗게 익은 탱자, 내일은 과연 딸 수 있을까?

* 덩굴식물에 열리는 새 같은 모양의 열매.

딱지와 구슬을 많이 모아서 재벌이 되는 기쁨!

지금이면 귀여워할 나비와 벌, 잠자리를 잡는 즐거움!

목화밭 속에 숨어 남들은 소년을 못 보는데 자신은 남들을 보고 있다는 귀여운 오만함!

수많은 즐거움이 주변에 널려 있는데 왜 학교에 가서 수업에 구속되려는 것일까?

일 학년 입학과 동시에 학교에 가기 싫은 병이 생겼다. 더군다나 또래의 친구들과는 엇갈리어 오전, 오후반으로 편성되었다. 오전반인 어느 날 소년은 과감한 결심을 했다.

책가방을 등에 메고 동네에서 맨 뒤쪽에 있는 현구와 국현이의 집을 지나갔다. 조금 더 걸어 오른쪽에 여러 가지 채소들이 심겨 있는 소년의 밭도 지나갔다.

그 옆에 동네 아이들에게 너무나 소중한 재산인(복숭아나무, 포도나무, 뽕나무 등이 있어 여러 과일들을 서리할 수 있는) 가장 큰 밭과 과수원을 가진 기생이의 집을 지났다.

과자, 소주 등을 파는 구멍가게인 맹호집을 지나면 학교 가는 길의 첫 내리막이 시작된다.

오른쪽으로는 소년이 가진 추억의 양만큼 크지는 않지만 소중하고 소박한 크기의 놀이터가 있어 봄에는 패랭이꽃 융단을, 여름에는 여치와 방아깨비를 선사해주고, 가을에는 칼싸움을 할 수 있는 장소가 되어주었다. 길 왼쪽으로는 예비군훈련장 아래로 아주 넓은 습지 초원 지대가 펼쳐져 있었다.

그 길을 다 내려가서 개울을 건너면 왼쪽으로는 철조망이 쳐진 높은 벽돌 담장이 축구장만 한 크기로 쌓여 있고 그 속에 집이 두 채 있는 미감아* 수용소가 있었다. 문둥병 걸린 부모의 자녀들이 살았으나 동네 사람들은 쉽게 고아원으로 불렀고, 가끔 바람에 흩날리는 빨래 외에 아이들의 모습은 물론 그곳에 사는 사람을 한 번도 본 적이 없었다. 아마도 태양을 무서워하는 사람들이 사는 곳이라 생각했다.

오른쪽에는 아주 깊은 우물이 있는 사찰 특무대가 있었다. 사실 절이지만 6·25전쟁 때 군인들이 작전기지로 사용하여 특무대라 불렀다. 우물도 동네 사람들에게 크나큰 휴식과 안식을 주었지만, 특무대 뒤의 아주 큰 소나무 여섯 그루는 엄청난 양의 송진을 제공하는 큰 재산이었다. 그 고마운 절에 소년은 두 살 위인 보형이가 돌을 던지라고 시키면 맞을까 두려워 혹은 영웅심리 때문에 돌을 던진 적이 있었다. 소년은 때때로 스님들께 진심으로 죄송한 마음이 들곤 한다.

산과 들을 지나 먹고살기 힘든 사람들이 밀리고 밀려 마지막으로 정착한 마을, 공동묘지 마을이 나온다. 오죽 힘들었으면 그 동네에 사는 힘없고 약한 한 할아버지는 뒷집 상봉이집에서 새벽에 세숫대야를 훔치다가 잡혔다. 도둑을 잡았다고 모인 많은 구경꾼 중에 소년도 있었다. 소년은 '도둑질은 나쁘기 때문에 벌 받아야 한다'고 알고 있었다. 몇 몇 사람들의 행동을 따라 소년도 발로 도둑을 찼다. 형이 재빨리 하지 말라고 말렸다. 소년은 후에도 종종 그 도둑에게 미안하고 안쓰러운

---

* 나환자인 부모에게서 태어나 병에 감염되지 않은 아이.

생각이 든다. 집과 집 사이에도 무덤이 있었고 높은 곳에는 무덤 봉우리가 많았던 그 공동묘지 마을 옆에 우리에게는 공포의 대상이었던 대광원이라는 큰 고아원이 있었다. 고아원을 지나고 자그마한 동산 오른쪽에 위치한 화교학교를 지나 내리막길을 달려 내려가면 봉덕초등학교가 있다.

그날 소년은 학교에 가지 않고 뒷동산과 습지 초원 사이에 있는 계곡으로 들어갔다. 그 계곡은 물이 항상 흐르지는 않았고 비가 내리면 물이 흘렀다. 거의 흙으로 이루어진 계곡은 큰 비가 내리면 모양이 많이 변하여 전쟁놀이를 하기 좋은 요새였다.

그 계곡 속으로 들어온 소년은 며칠 전 봐둔, 서너 명이 모여 앉을 수 있고 하늘도 가려져 있는 웅덩이에 들어갔다. 자유시간이 시작되었다. 소년은 그 자리에서 그냥 하염없이 앉아 있었다. 처음에는 아주 좋았다. 시간이 지나며 서서히 공포가 다가왔다.

'엄마가 알면 엄청 두들겨 맞을 텐데 어떡하지?'

그렇다고 땡땡이를 포기하고 학교로 가고 싶지는 않았다. 오후반 동네 친구들이 등교하면서 떠드는 소리에 오전반 수업이 끝날 시간이 되었다는 것을 알았다. 그러나 집에 갈 생각은 들지 않고 온 사방에서 조그마한 소년을 향하여 공포가 다가왔다. 오후반 수업시간에도 소년은 웅덩이 속에서 혹시 공포가 눈치챌까 봐 더욱더 숨죽이고 있었다. 조그만 웅덩이는 크나큰 우주였고 소년은 목적 없이 그 광활한 우주에 떠 있는 한 점의 먼지였다.

　이윽고 오후반인 친구들이 돌아오는 시간, 소년은 애써 태연한 척하며 친구들과 어울려 집으로 돌아갔다. 집에 가서도 너무너무 불안했으나 태연한 척하려고 노력했다. 저녁도 먹고 혹시 이제 곧 혼이 날 시간이 되었다고 생각해도 집 안은 조용했다. 그럴수록 소년은 점점 더 불안해지며 차라리 빨리 벌을 받는 게 속 시원하겠다고 생각했다.

　아무런 일도 일어나지 않았고 소년은 아침에 눈을 떴다.

왜 아무런 일도 일어나지 않은 것일까?

소년이 학교에 가지 않은 사실이 어머니에게 전달되지 않았을까? 보통은 학교에 안 가면 선생님이 다른 학생을 통해서라도 그 사실을 집에 알리는데, 선생님이 바쁘셨을까? 소년이 별 존재감이 없었던 것이었을까?

어머니가 알고도 한 번 정도는 모른 척해 준걸까? 그리하여 스스로 끝없는 공포를 체험할 수 있는 기회를 준 것일까?

'공포란 무엇인가?'에 대하여 혼자서 공부를 한 셈이다.

그렇다. 공포는 소리 없이 다가온다.

만약 먹이를 찾던 들쥐 한 마리가 조용히 혼자 웅크리고 있던 소년을 보았다면, 한 꼬마를 향해 서서히 소리 없이 스며드는 공포의 천둥소리에 놀라 기겁하며 도망쳤을 것이다.

엄마를 닮은 김밥

일 학년 봄소풍 날 아침이었다. 아침 식사 후 어머니는 소년과 작은 누나의 김밥을 말았다. 펼쳐진 김 위에 밥을 펼쳤고 여러 가지 재료를 듬뿍 넣었다. 김밥을 말고 난 뒤 약간의 참기름을 칠한다. 여기까지의 과정은 다른 집 김밥과 비슷하다.

그러나 비장의 무기가 있었다. 김밥을 썰고 난 뒤 김밥의 한 면을 깨소금에 푹 찍는다. 그리고 김밥을 뒤집어서 다른 한 면에도 깨소금을 푹 찍는다. 그러면 앞뒷면에 고소한 깨소금이 발린 김밥이 완성된다. 어머니는 아직 저학년이어서 양은 도시락이 따로 없는 소년과 작은누나를 위해 준비된 일회용 나무 도시락에 김밥을 차곡차곡 쌓았다. 뚜껑을 덮은 후 고무 밴드로 두르면 맛있는 김밥 도시락이 완성된다.

이미 배불리 아침밥을 먹은 소년은 김밥의 고소한 향기에 벌써 소풍의 점심시간이 기다려졌다. 도시락을 가방에 넣는 어머니의 모습을 행복하게 바라본다.

소년의 집 근처에 있는 산이 소풍의 목적지였다. 봉덕초등학교의 교가는 이렇게 시작된다. "대덕산 푸른 숲을 우러러보며 날마다 씩씩하게⋯⋯" 광명원은 대덕산 자락의 중턱에 있었고, 초등학교 육년 동안 수성연못으로 소풍갔던 한두 번을 제외한 모든 소풍 장소는 그의 집 근처였다. 결국은 그의 집 쪽으로 다시 오겠지만, 일단 소풍의 출발을 위하여 희망차게 학교를 향해 달려간다. 선생님이 출석을 부르고 목적지로 출발한다. 결국 소년은 같은 반 애들과 함께 자신의 집 쪽 길로 다시 올라간다.

목적지에 도착해 얼마의 시간이 흐른 후 점심시간이 되었다.

"자, 점심시간이다. 멀리 가지 말고 이 근처에서 밥을 먹고 호루라기를 불면 모여라!"

"예!"

소리 높여 대답한 후 멀리 갈 것도 없이 애들은 소풍 가방에서 김밥 도시락을 끄집어냈다. 소년도 나무로 된 김밥 도시락을 조심스레 끄집어내려다가 갑자기 멈추고 말았다.

양은 도시락에 가지런히 담겨 있는 다른 애들의 김밥이 너무나도 예뻤던 것이다. 김밥 속에 들어 있는 재료들의 색깔과 모양이 그림같이 예뻤다. 그 모습을 본 소년은 어머니가 아침에 만든 김밥과 도시락의 모양을 떠올렸다.

'아! 너무 비교된다. 내 김밥은 너무나도 볼품이 없어. 아! 어떡하지?'

고민하다가 결정을 내렸다.

우선 다른 애들로부터 몇 걸음 떨어져 앉았다. 그리고 손을 가방 속에 집어넣고 김밥 도시락의 고무 밴드를 풀었다. 손을 더듬거려 다른

애들의 김밥보다 두 배 이상 큰 김밥 한 개를 집었다. 김밥을 꺼내 재빨리 입속으로 넣었다. 뚱뚱하고 못생겼어도 입안을 꽉 채우며 달콤한 침이 돌게 하는 고소한 맛은 너무나 황홀했다. 또 하나를 같은 방법으로 먹었다. 멀리서 소년이 김밥 먹는 모습을 보던 한 애가 다가왔다.

"야! 니 김밥 되게 맛있는 모양이다. 한 개만 도! 그러면 내 꺼도 한 개 주께."

"아이다, 됐다. 나는 그냥 내 꺼 묵을란다."

"야! 진짜로 되게 맛있는 갑다. 하나만 도! 그럼 내 꺼 두 개 주꾸마!"

그 애가 하도 애원해서 소년은 부끄러워하며 김밥을 한 개 꺼내어 주었다. 그리고 소년도 그 애의 김밥을 하나 받아먹었다. 밍밍한 게 별로 맛이 없었다.

소년의 김밥을 먹은 애가 소리쳤다.

"이야! 이순교 김밥 맛 끝내준다!"

그 말을 들은 애들이 우르르 몰려와서 서로 김밥을 바꿔 먹자고 했다.

소년은 기분이 좋아졌다. 뚱뚱하고 못생긴 김밥이 보통 때 전혀 존재감이 없었던 소년을 그날 하루만은 스타로 만들어 주었다.

보통 소풍은 학교에 가서 인원점검을 해야 끝이 난다. 그러려면 소년은 집을 코앞에 두고 또다시 학교에 갔다가 집으로 다시 돌아와야 했다. 짜증나는 일이었지만 그날은 학교에서 돌아오는 길에 잘 불지도 못하는 휘파람을 불며 집으로 돌아왔다.

소년의 김밥은 뚱뚱하지만 정감 있고 영양가 풍부한 어머니를 닮았다.

뱀이 없는 에덴동산

학교에서 배울 것이 있다.
부모 형제에게 배울 것이 있다.
친구들에게 배울 것이 있다.
그리고 저절로 배우는 것들이 있다!

소년보다 네 살 위인 한 집 앞의 미경이 오빠 보형이는 아주 무서웠다. 그의 서너 살 위 형인 옥형이에게만 꼼짝 못할 뿐 모든 이에게 자유로운 자유인 아니 안하무인이었다. 보형이보다 어린아이들은 모두 보형이를 두려워했다. 보형이가 손을 대지 않는 애들은, 보형이보다 나이가 많고 힘이 센 형을 가진 애들밖에 없었다. 소년과 뒷집의 상봉이는 다행히 보형이보다 한 살 위인 현교와 상도라는 형이 있었다. 그래서 보형이는 소년과 상봉이에게는 조금의 배려가 있었다. 소년 또래지만 형이 없는 현구와 국현이는 더 많은 고통을 당했다. 그러나 같은 동네에서 태어나고 자랐기에 그리 심하지는 않았다.

양팔 없는 아버지, 순박한 어머니, 게다가 형도 없이 여섯 살에 이사 온 영욱이는 그야말로 이유 없이 많은 고문을 당했다. 하지만 영욱이는 아버지가 봉사였다는 이유로 최소한의 동질감이라도 있었다.

그러나 기생이는 아니었다. 불쌍한 기생이는 정말 아니었다. 기생이는 우리보다 한 살 위였다. 순박하고 착했다. 기생이의 아버지와 어머니는 나이가 아주 많은 할아버지와 할머니었고, 기생이는 형이 없고 누나와 여동생만 있었다. 그 말은 보형이의 밥이 될 수밖에 없다는 얘기다.

이유 없이 때리면 그냥 맞았다. 보형이가 피우던 담배를 먹으라고 하면 먹었다. 피우던 담배로 손을 지져도 그 손을 맡겨 놓을 수밖에 없었다. 기생이가 당하는 모습을 보노라면 너무나도 애처로웠지만 그 자리에서 나설 수 있는 사람은 아무도 없었다. 보형이는 그만큼 무서운 아이였다.

소년의 형인 현교는 착하고 공부도 잘하고 효자라고 동네 어른들의 칭찬이 자자했다. 어느 날 보형이는 동네의 졸개들을 모아 놓고 태권도의 기본동작을 가르쳐준 후 선전포고를 하였다. '며칠 후 잘난 척하는 현교를 때리겠다'는 것이었다. 자기보다 한 살 위인 소년의 형을 때리겠다니 가슴이 철렁 내려앉았다. 그날 밤 집에 들어와 몇 번을 망설이다 형에게 말했다.

"히야*! 보형이가 히야를 때린다카더라! 우짜노?"

형은 담담한 표정으로 대답했다.

* 경상도 사투리로 '형'을 뜻하는 말.

"지가 나를 우짤끼는데!"

그러나 며칠 후 형이 울면서 집에 들어왔다. 소년의 우상인 형이 울다니! 소년이 놀란 것의 몇 배로 부모님이 더 놀랐다. 아버지가 격하게 말씀하셨다.

"순교야, 가자. 보형이 집으로 가자!"

어머니는 말렸다.

"애들 일인데 어른이 나서지 마소."

그래도 아버지는 단호했다.

"순교야, 가자!"

소년은 두려웠다. 달걀귀신 다음으로 무서운 존재인 보형이를 잘못 건드렸다간 뼈도 못 추린다고 생각했지만 아버지의 명령을 거역할 수 없었다.

보형이 집까지는 불과 사십 초 정도 걸렸다.

곧 보형이 집 앞에 활화산이 불을 뿜었다.

아버지의 불호령이 시작되었다. 성경말씀만 외우시던 입에서 그때까지 소년이 들은 적이 없던 여러 가지 말들이 터져 나왔다.

동네 사람들이 한두 명씩 모여들기 시작했다. 아버지의 설교는 계속되었다.

저녁 식사를 마친 동네 사람들이 점점 더 많이 모여들었다. 아버지의 목소리는 끝끝내 지치지 않고 이미 어두워진 밤하늘에 메아리를 울렸다. 억울하게 두들겨 맞은 자식의 상처보다 더 크게 당한 당신의 상처를 스스로 치료하고 계셨던 것이다. 아버지가 내지르는 말을 듣고 고개를 끄떡여 주던 동네 사람들의 행동과 추임새가 아버지의 약이었을 것이다.

그전까지 소년의 아버지는 이랬었다.

어머니와 소년, 아버지가 동행할 때 큰 짐이 없으면 어머니는 아버지의 손을 잡고 걸으셨다. 그럴 때 멀리서 휘파람 소리와 함께 "어이 너희들 연애하냐?!"라는 놀림에도 조용하셨던 아버지!

자기를 태우고 가야 할 버스가 몇 번이고 지나가 버려도 모른 척하시던 아버지!

데모하다가 경찰들에게 한 번의 대항도 못하고 경찰차에 말없이 태워진 아버지!

그러나 그날의 아버지는 달랐다.

정말 위대한 영웅처럼 보였다.

이 세상의 누구도 감히 건드리지 못할 보형이를 처참하게 묵사발 만들었으니! 보형이는 집에 꼭꼭 숨어 꼼짝도 못하고 그림자조차 보이질 않았다. 아버지보다 나이가 훨씬 위인 보형이 아버지의 조용한 사과와 함께 그 광경을 지켜보던 밤하늘의 은하수도 이제는 다른 사람들의 은하수로 돌아갔다.

보형이는 교과서에서 배운 것과 반대의 삶을 추구하는 존재였다.

조용한 절에 돌을 던져라!

절의 샘물에 침을 뱉어라!

약한 자를 짓밟는 것이 강자의 즐거움이다!

그럼에도 불구하고 우리에겐 보형이가 필요했다.

덜 익은 조그만 고구마를 서리해 와서 졸개들에게 먹이는 것!

다음 날 밤에 참외 서리를 진두지휘하는 것!

아랫동네 고산골의 모든 미성년자들과 광명원의 모든 미성년자가 패를 나눠 서로 돌 던지며 싸우는 동네싸움을 일으키는 것!

아이는 입맞춤이나 기도로 생기는 것이 아니라 성행위로 생긴다는 것을 전파하는 것!

아이는 배꼽이나 꽃에서 태어나지 않고 여자의 성기에서 나온다는 사실을 전파하는 것!

종합적으로는 악행이 은근슬쩍 짭짤한 쾌감을 준다는 것!

소년은 다른 곳에서 배우지 못할 여러 가지를 보형이 때문에 배웠다.

더군다나 아직 초등학생이었던 보형이는 동네 아이들에게 영어까지 가르쳐 주었다.

보형이가 먼저 말하면 애들은 큰 소리로 따라했다.

보형이 "할로!"라고 말하면

애들도 "할로."

보형이 "주잉검"이라고 말하면

애들도 "주잉검."

보형이 "원기버미"라고 말하면

애들도 "원기버미."

보형이 "할로 주잉검 원기버미."*라고 말하면

애들도 "할로 주잉검 원기버미."

보형이는 한 개의 문장을 더 가르쳐 주었다.

"할로 쪼꼬래토 원기버미"라고 할 때 "기버미"의 '미'에다 힘을 주라고 강조하는 세심함까지 있었다.

"야! 알라**는 어디로 나오는지 아나?"

"알라는 배꼽으로 나오는 거 아이가."

"아이다. 보형이가 알라는 보지에서 나온다 카더라."

"아이다. 알라는 배꼽에서 나오는 기 맞다. 봐라, 여기 알라 나오는 배꼽이 있짜나!"

"그러면 남자한테는 와 배꼽이 있노? 보형이가 보지에서 나온다 켔는데……"

"배꼽이 아이라면 똥구멍으로 알라가 나오는 거 아이가? 그래도 똥은 오줌보다는 굵짜나?"

"……."

"그러면 알라는 어떻게 생기노?"

* "Hello chewing gum one give me."
** 경상도 방언으로 '어린아이'를 뜻하는 말.

"보형이가 카던데 얼빵*하면 알라가 만들어진다 카더라."
"아이다. 우리 엄마가 알라는 뽀뽀하면 생긴다켔다."
"보형이가 빠구리**해야 알라가 생긴다켔는데?"
"아이다, 알라는 뽀뽀하고 손잡고 자면 생긴다 카더라."
"아이다. 보형이가……"

공포와 함께 묘한 매력이 있었던 보형이!
아마도 보형이가 없는 광명원은 뱀이 없는 에덴동산이었을 것이다.

* 성교를 속되게 이르는 말.
** 얼빵과 같은 뜻

선악과를 먹는 아이들

'알라는 빠구리해야 생긴다'라고 보형이가 말했다. 대부분의 애들은 보형이의 말을 믿지 않았지만, 빠구리 혹은 같은 말인 얼빵에 대해서만은 많은 관심이 있었다.

빠구리라는 말이 왠지 욕 같다는 부담을 느낀 동네 애들은 빠구리란 말 대신 얼빵이란 말을 주로 사용했다.

소년이 일 학년 오전반인 초여름 어느 날 오후였다. 또래의 모든 친구들이 오후반이어서 동네는 아주 조용했다. 심심해하며 무엇인가 할 일을 궁리하고 있을 때, 또래인 국현이의 한 살 어린 동생 원현이가 방에 있는 소년을 조심스럽게 불렀다.

"순교야! 순교야!"

"와카는데?"

고개를 좌우로 돌려가며 주위를 살핀 원현이가 소년의 귀에 입을 대고 속삭였다.

"상숙이하고 영경이가 얼빵하자 카더라."

"나는 얼빵 어떻게 하는지 모르는데!"

"내만 따라하면 된다."

"그러면 가자."

소년은 동네 마당으로 갔다. 그곳에는 상숙이와 영경이가 기다리고 있었다. 원현이와 소년이 앞장섰다.

아버지가 앞을 못 보시지만 새끼* 공예의 대가이신 영국이집 그리고 악동 보형이집과 소아마비로 다리를 저는 종수집 사이 좁고 짧은 골목 길을 지났다.

그 골목의 끝에는 주인이 누구인지 잘 모르는 밭이 있었다. 거기서 우측으로 가면 광명원에 살지만 아버지가 봉사가 아닌 유일한 집, 피부가 하얗고 성격이 온순한 성실이의 집이다. 성실이집 옆에는 가시가 무시무시한 탱자나무의 울타리가 영국이집의 밭으로 직접 가는 길을 막고 있었다.

소년과 아이들은 골목 끝에서 종수집을 끼고 왼쪽 내리막길로 내려 갔다. 왼쪽에 종수 동생 숙자가 불놀이하며 마른풀 대롱으로 담배 피 우는 흉내를 내다 콜록콜록 기침을 해대던 작은 밭이 나오고, 그 아래 에 작은 논이 있었다. 조금 더 가면 곧바로 동네의 거의 모든 빨래와 여 름철 모든 동네 애들의 목욕을 책임지던 작은 도랑이 나온다. 종이배를 만들어 띄우며 놀던 도랑을 따라 조금 올라간다. 호근이집 바로 직전 에 비가 올 때만 물이 흐르는 계곡이 개울과 만난다.

그들은 습기가 많아 미끄럽고, 풀이 무성해 어느 누구도 가고 싶어

* 짚으로 꼬아 줄처럼 만든 것.

하지 않는 계곡을 헤치고 올라갔다. 상숙이와 영경이가 무섭다고 말했지만 원현이가 두루뭉실 잘 해결했다. 이십 미터쯤 들어가면 계곡이 깊어 햇볕이 들지 않아 풀이 자라지 않는 지대가 나온다. 그 근처 오른쪽으로 습기가 없는 넓은 공간이 있다. 그 바로 위가 영국이의 밭이었으나 계곡 양쪽 옆으로 아카시아나무들이 빽빽하게 자리잡고 있어서 어느 누구도 계곡을 볼 수도 없었고 또 계곡으로 내려올 수도 없다. 이곳으로 오는 길은 오로지 두 개이다. 지금까지 걸어왔던 길과 산 위로 올라가서 계곡이 시작하는 곳에서 계곡을 따라 내려오는 길이다.

세상과 완전히 차단된 그곳에서 얼빵이 시작되었다.

원현이가 말했다.

"빤스 벗어라."

상숙이와 영경이는 빤스를 벗었다.

원현이는 상숙이의 성기를 쳐다보았다. 그리고 소년에게도 해보라고 했다. 소년은 원현이가 한 것처럼 영경이의 성기를 쳐다보았다.

상봉이집 안방에서 빵께이 살며* 엄마 아빠 놀이를 하는 현구가 옷을 입은 채로 가만히 영자 위에 살며시 엎드려 있는 것을 본 적이 있었다. 그러나 소년은 얼빵이 무엇인지는 잘 몰랐다.

그날 소년보다 한 살 어린 스승인 원현이에게 처음 얼빵을 배웠다.

아! 얼빵은 여자의 성기를 바라보는 것이구나!

소년은 처음 얼빵을 해봤던 것이다!

* 소꿉놀이 하다.

얼빵은 별것 아니었다.

여름에 못에서 동네 애들이 수영을 할 때면 남자애든 여자애든 상관
없이 옷을 훌랑 벗었다. 그리고 같이 길을 가다가 혹은 같이 놀다가도
급하면 아무런 거리낌 없이 소변을 보곤 했었다. 그래서 남자애들이나
여자애들이나 서로의 성기에는 별 관심이 없었다. 아이들은 아직 선악
과를 따 먹지 않았으니까!

그래서 얼빵은 정말로 아무것도 아니었다.

보형이가 틀렸다.

며칠이 흘러도 상숙이와 영경이에게 알라가 생기지는 않았다.

그렇다. 얼빵해서 알라가 생기는 것은 아니었다!

원현이와 소년은 그날 얼빵은 했으나, 절대로 뽀뽀를 하지 않았고
또 손을 잡고 자지도 않았다.

뽀뽀하고 손을 잡고 자면 알라가 생기니까!

꿈이 자라는 밭

가난한 집의 장녀로 태어난 소년의 어머니는 일제강점기에 일본에서 외할머니의 참기름 장사를 도왔다. 8·15해방 후 귀국하여도 역시 가난한 집안의 장녀로서 가족의 생계를 감당하며 동생들 학비를 벌기 바빴다.

학교를 다닌 적은 없고 한글과 한문은 독학으로 공부했다. 그리고 어디서 배웠는지 많은 것을 할 줄 알았다. 글 모르는 동네 사람들의 편지도 읽어주고, 아픈 사람들이 약을 사 오면 주사도 놓아 주었다. 그리고 한밤에 엄청난 통증을 호소하는 환자가 발생하면 무조건 소년의 집으로 쫓아왔다. 그러면 어머니는 농 속의 서랍에서 하얀 종이에 싸인 검은 덩어리를 꺼내어 아주 조금 떼어서 주었다. 그 약을 먹은 사람은 백발백중으로 통증이 싹 날아갔다. 그러고는 날이 새면 병원으로 갔다.

소년도 몹시 배가 아플 때 몇 번 먹어봤던 그 약.

그 약은 바로 아편이었다.

아편은 소년의 밭에서 얻은 것이다. 아편꽃인 양귀비는 그 소문만큼 아름답지는 않았다. 소년은 꽃잎이 하늘하늘거리며 은은한 노랑색인 양귀비보다 보랏빛의 작은 제비꽃이 더 예뻤다.

양귀비가 시들면서 열매가 맺힌다. 열매의 크기는 매실보다 조금 더 크다. 꽃이 진 푸른색의 양귀비 열매에 위에서부터 아래로 나선형 모양의 칼집을 내면 거기에서 하얀 액체가 흐르고, 그 액체를 모아서 말리면 검은 덩어리가 된다. 그것이 바로 아편이다.

소년은 재미로 어머니의 밭일을 가끔 도왔으며 손으로 칼집을 낸 양귀비 열매도 몇 개 있었다. 양귀비를 재배하는 것이 엄청난 죄라는 사실을 알았다면 양귀비 가까이는 가지도 않았겠지만 말이다.

그리 크지 않은 그 밭에는 아주 여러 가지의 작물들이 재배되었다. 무, 배추, 상추, 가지, 고추, 오이, 우엉, 완두콩, 메주콩, 꽃콩, 들깨, 참깨, 호박 등등. 여름 저녁 어머니가 "순교야, 밭에 가서 풋고추 몇 개만 따 온나"라고 하면 쌩 달려가서 고추를 따 와서 된장에 푹 찍어 먹었다.

"상추 좀 따온나" 하면 상추쌈, "오이 두 개만" 하면 오이버무림 아니면 깨소금과 오이채가 동동 떠 있는 오이냉국, "가지" 하면 밥 뜸 들일 때 밥 위에 얹어 쪄서 찬물에 담가 식힌 후 세로로 짝짝 찢어서 무친 맛있는 가지나물.

콩은 껍질째 따서 집에 가져온다. 성경공부하는 아버지를 제외한 모든 가족들이 모여 콩을 까며 오순도순 즐겁고 행복한 시간을 가졌다. 특히 콩 하나하나마다 각기 여러 가지 색을 띠는 꽃콩을 깔 때는 '누구의 콩이 가장 예쁜가!' 내기를 하며 시간 가는 줄 몰랐다.

바짝 마른 참깨주머니에서 참깨를 털어내고 모아서 한 움큼 입에 틀어넣는다. 귀한 참깨이지만 어머니는 굳이 나무라지 않는다. 왜냐하면 더 이상 먹지 않을 것을 알기 때문이다. 참기름을 짜는 참깨는 아주 고소할 것 같지만 볶기 전에는 별로 고소하지 않고 또 간이 안 되면 느끼하기 때문이다.

밭의 좋은 자리가 아까워서 밭둑으로 밀려난 작은 똥물 웅덩이에서 크고 탐스럽게 자란 황금빛 호박은 상당히 무거웠다. 어머니가 옆집에서 리어카를 빌려 열 개가 넘는 호박을 한꺼번에 실어 날랐지만, 소년은 굳이 떼를 써서 호박 하나를 빼내어 끙끙거리며 집으로 들고 온다. 호박을 조심스레 내려놓고 손을 툭툭 털며 한숨을 '휴' 내쉬고 나면 아주 대단한 일을 했다는 성취감이 몰려왔다.

무를 캐는 늦가을 밤에는 시원 달콤한 무를 잔뜩 먹고 무시*방구(보리밥방귀보다 은근히 사람을 죽이는)를 뀌었다. 그러면서 소년은 "무시는 역시 똥물 주고 키운 무시가 맛있어!"라며 세상의 모든 근심을 털어내는 큰 웃음을 터뜨리곤 했다.

화장실 똥을 퍼서 호박 구덩이에 뿌리는 일과 밭을 곡괭이로 깊이 매는 일은 성실하고 마음씨 좋은 호근이 아버지가 약간의 품삯을 받고 해주었다. 호근이는 보형이, 상수와 같은 또래였다. 호근이 아버지는 동네에서 나이가 가장 많았다. 호근이 엄마는 아파서 방문을 나온 적

---

* 사투리로 '무'를 뜻하는 말.

이 없어서 한 번도 본 적이 없었다. 도랑 옆에 있는 그 작고 작은 집에서 호근이 아버지, 어머니, 육손이인 형 왕근이, 누나 숙희 그리고 호근이가 살고 있었지만 놀러가 본 적도 없었다. 국가에서 주는 최소한의 돈도 받지 못하는 호근이집은 몹시 가난했다. 그리고 국가유공자가 아니어서 학비도 면제 받을 수 없었다.

큰누나와 같은 또래인 호근이의 누나 숙희는 가정 형편이 좋지 않아 공장을 다녔다. 몇 번 소년의 집에 놀러왔던 숙희는 공부를 잘하는 큰누나가 자신을 친구 삼아 준 것에 대해 고마워했다. 소년을 아주 귀여워해 주며 가끔 안아줬다. 큰누나를 따라 잠깐 교회도 다녔으나 어려운 세상살이 때문인지 결국 나중에 술집 작부로 일했다.

소년의 가족은 어머니의 노력으로 자그마한 그 밭에서 많은 채소들을 얻었다. 그러나 소년은 그 밭에서 더 큰 것을 얻었다.

어머니가 한여름 뙤약볕에서 머리에 하얀 수건을 두르고 풀을 뽑았던 그 밭에는 채소뿐만 아니라 어머니의 땀과 눈물이 고이 자랐고 또 풍성한 열매를 맺었다. 그 땀과 눈물의 열매를 먹고 소년은 꿈을 키울 수 있었다!

그 밭에 호근이 아버지가 적은 품삯을 받고 흘린 소박한 땀은, 한 시간 본 영화를 여섯 시간에 걸쳐 상세하게 이야기할 줄 아는 호근이에 대한 추억을 그리고 소년을 안아준 호근이 누나 숙희를 떠올리게 하는 작은 보너스이겠지!

옥수수빵과 바둑이

소년은 초등학교 삼 학년까지 학교생활에 대한 기억이 거의 없다.

그냥 조용히 지내고 싶었다. 오전반 수업이 끝난 뒤 소년의 친구는 학교에서는 철봉대와 그네, 집으로 돌아가서는 대자연이었다. 오후반이었을 때는 대자연과 철봉대, 그네의 순서가 바뀌었을 뿐이다. 소년에게 학교생활은 거의 아무런 의미가 없었다.

숙제가 없는 학교는 없을 것이다. 봉덕초등학교에도 숙제는 있었다. 다만 소년에게 없을 뿐이었다. 일 학년 때도 숙제를 하지 않았다. 이 학년 때도 숙제를 하지 않았다. 삼 학년 때도 숙제를 하지 않았다.

아버지와 동행하지 않은 날은 그냥 너무나 행복하게 놀았다.

해가 진 저녁에는 저녁을 먹고 숙제를 하거나 공부하는 누나와 형과 달리, 소년은 주로 아버지가 독차지하고 있는 라디오를 같이 들었다. 기독교 방송 설교 시간에는 그냥 멍하니 있거나 공상을 즐겼다. 소년이 기다리는 아홉 시 오십 분의 〈전설의 고향〉은 꼭 들어야 하는 프로그램이었다. 그 결과가 기쁨이든 슬픔이든, 현실과 너무나도 동떨어진 이야기들이 소년을 또 다른 세상으로 이끌고 갔다.

그러나 〈전설의 고향〉을 사랑한 또 다른 이유가 있었다. 그 프로그램이 시작되기 전과 끝에 울려 퍼지는 바이올린 솔로 선율 때문이었다.

미도레도미도레도미~ 미도레도미도레도솔~, 너무나 아름다운 음악이었다. 그 음악은 소년을 환상의 세계로, 행복한 꿈의 나라로 이끌었다.

그러나 어머니는 거의 항상 이렇게 말했다.

"순교야! 오늘 숙제 없나?"

"응! 엄마 숙제 없다."

"그 망할 놈의 선생은 뭐 한다꼬 숙제도 안 내주노?!"

학교에서 숙제를 안 해오는 애들에 대한 선생님의 벌은 단순했다.

1. 엉덩이나 손바닥을 때린다.

2. 청소를 시킨다.

3. 옥수수빵*을 주지 않는다.

매를 맞는 아픔은 순간적이다. 아랫배에 힘 한 번 주면 끝난다.

자유를 위하여 그쯤이야!

청소는 하면 된다. 잠깐이면 끝난다. 그러나 일주일에 한 번 먹을 수 있는 빵을 못 먹는다는 것은 상당한 충격이었다.

* 당시 가난한 나라에 주는 원조곡식으로 만든 빵.

밤색의 껍데기, 뽀얀 속살, 그윽한 우유 향기의 배급빵!

숙제를 안 해오면 옥수수빵이 다음 순서의 애에게 돌아갔다.

그러나 소년은 언제나 자유를 선택했다. 자유로운 아이들을 유혹하는, 무섭게도 은은한 향기를 내는 빵을 못 먹어도 말이다.

가끔은 선생님의 배려로 숙제를 안 해온 애들과 함께 빵 하나를 팔등분하여 먹을 수 있었다. 한입에 들어가는 조각 빵을 먹으면서 '아! 맛있다'라고 느꼈지만 그래도 소년은 자유가 더 좋았다.

숙제가 없고 소년이 빵을 탈 순서는 한 학기에 한두 번 정도였다.

그 귀한 빵을 받았다. 그 귀한 빵을 받는 즉시 먹을 수는 없다.

위생 비위생 가릴 것 없이 가방에 넣는다.

귀한 것일수록 아끼며 '집에 가서 조금씩 아끼며 먹어야지'라고 생각하며 눈을 지그시 감고 입가에 미소를 머금는다.

옥수수빵이 든 가방을 짊어지고 집으로 희망찬 발걸음을 시작한다.

대광원(고아원)의 키 큰 애가 소년을 부른다.

빵을 뺏은 그 큰 애도 그 빵을 먹지 않고 품에 고이 숨겨 어디론가 향한다.

소년의 발걸음은 느려지고 눈은 자꾸만 하늘을 향하지만 하늘은 눈물에 가려 흐릿하게 보인다.

친구들과 놀이할 때 시계꽃으로 통하던 클로버꽃을 걷어찬다. 발이 아픈 것을 후회할지라도 길에 있는 돌을 걷어찬다. 집에 도착한 후 소년의 발길질에 친구이자 종인 바둑이의 비명이 맑은 하늘에 반사되어 조용히 땅속으로 스며든다.

그러나 기회는 또다시 주어진다.

미술 숙제만은 꼭 했던 소년에게 빵을 타는 날이 왔다.

옥수수빵을 탔다.

아무리 아픈 기억이 있어도 그 귀한 빵을 그 자리에서 먹어 치울 수는 없다.

옥수수빵을 가방의 가장자리에 고이고이 넣었다.

가방을 야무지게 등에 메었다.

학교 운동장을 가로질러 화교학교를 지나 대광원을 쳐다보지도 않은 채 무섭게 달렸다. 공동묘지 마을 중간쯤 왔을 때 겨우 발걸음을 늦추며 심호흡을 하였다.

힘껏 달렸으나 힘들지 않았다.

가끔씩 보이는 무덤 봉우리도 예쁘게 보였다. 주변 밭에 자란 초록빛 보리들도 바람에 일렁이며 소년을 축복해 주었다.

보통 때 무언가 말 못할 적막감을 안겨주던 특무대와 맞은편 미감아 시설의 그 높고 긴 담벼락도 빵이 가방 속에 있는 그날만은 아무런 문제가 되지 않았다.

맹호집을 지났다.

국현이, 현구, 영욱이의 집을 쏜살같이 지났다.

드디어 집에 도착한 그 순간만큼은 세상에서 가장 행복했다.

정성스레 가방을 열었다.

아! 그러나 빵은 없었다.

힘껏 달릴 때 흔들리는 가방의 원심력에 의해 그 귀한 빵이 가방 위로 위로 솟구치다 자유를 찾아 떠나버린 것이다.

빵도 자유를 갈구하는 소년을 닮은 것인가?!

그날 소년을 향해 달려오며 꼬리를 흔들던 바둑이는 그의 발길질에 또 한 번의 비명을 질러야 했다.

도망

초등학교 입학은 어느 정도 소년의 성장과 더불어 의무도 커짐을 의미한다. 소년의 의무는 거의 대부분 아버지를 모시고 다니는 것이었다.

누나들은 여자이기 때문에, 형은 이미 공부가 중요한 나이가 되었기 때문에, 어머니가 함께 외출하실 때 외에는 아버지를 모시고 다니는 것은 거의 소년의 임무가 되었다.

아버지도 소년을 충분히 배려하느라 연일 동행을 요구하지는 않았다. 이틀 정도는 자유를, 하루는 전도 여행을!

일주일에 두 번 정도는 동행했다. 그래서 소년은 '아버지가 오늘쯤 어디 가자고 하실 것이다'라고 미리 예측할 수 있었다.

이삼 학년 때 일이었다. 어느 날 아버지는 소년이 학교에서 돌아올 것을 기다려 어느 곳으로 전도를 하러 갈 예정이었다. 그러나 소년은 그날 이미 친구들과 놀기로 약속이 되어 있었다.

소년은 집에 도착하기 전 오십 미터 전부터 발걸음을 조심하였다. 집 근처에 가서는 발뒤꿈치를 들고 살포시 걸었다. 십 미터 전부터는 숨을 거의 멈추었다. 집에 도착하여서는 거의 심장박동도 멈추었다. 그러나 갑자기 음성이 들렸다.

"순교 왔나?"

아버지의 음성이었다. 애써 소년은 그 음성도 못 들은 체하며 책가방을 살포시 내려놓았다. 그리고 살금살금 빠져나와 친구들과 함께 환희의 세계로 빠져들었다. 온 사방에 널린 자연 놀이터에서 친구들과 신나게 놀았다.

행복한 시간은 빨리 흐른다. 시간이 흐르며 그림자가 길어질수록 마음속의 두려움도 점점 더 커지기 시작한다. 땅거미가 드리우며 배가 고파질 때쯤 친구들은 하나둘 집으로 돌아갔다. 이윽고 혼자가 된 소년은 두려움에 떨며 동네 주위를 맴돌았다. 너무 열심히 놀다보니 배가 몹시 고팠다.

그러나 그 어떤 말 못할 두려움이 더 컸다. 친구들이 모두 돌아가고 한 시간이 흐른 후에야 소년은 두려움에 떨며 문을 조심스럽게 열었다. 먹기 위해 산다고 할 정도로 식욕이 왕성한 그 시절 너무너무 배가 고픔에도 불구하고 아무도 모르게 조용히 들어가서 자려는 순진한 생각을 했다. 방문을 여는 순간 침묵 속에 여섯 개의 눈이 소년을 기다리고 있었다.

그 여섯 개의 모든 눈에는 눈물이 흐르고 있었다.

아버지와 어머니는 그 자리를 피했고, 누나 둘과 형의 눈이었다. 누나와 형이 울며 어떤 말을 했는지는 정확히 기억나지 않는다. 이미 눈물로 그 의미가 모두 전달되었으니까.

그날 소년의 형제들은 정말 많이 울었다. 여덟 개의 눈에서 눈물이 끊임없이 쏟아졌다.

그날 이후로 소년은 다시는 도망가지 않았다.

작은 영웅

소년은 친구들과 놀기를 좋아했으며, 어떤 놀이를 하더라도 항상 대장을 맡을 정도로 상당히 잘했다. 그리고 또래 친구가 여섯 명 있었다. 한 집 앞의 미경이, 앞집의 귀자, 뒷집의 상봉이, 한 집 뒤의 영욱이 그리고 좀 떨어져 사는 현구와 국현이다. 다섯 명이 오전반이 되면 소년은 오후반, 다섯 명이 오후반이 되면 소년은 오전반이 되었다. 그러나 큰 문제는 없었다. 소년이 혼자 놀기의 달인이었기 때문이다. 그에게는 너무나 황홀한 놀이터가 있었다.

주변에 있는 산은 소년에게 산딸기, 돌감, 밤, 뱀딸기, 도라지, 더덕, 칡 등 많은 것들을 제공했다. 그러나 그보다 더 큰 건 소년의 신비감을 만족시켜주는 그 무엇인가가 있었던 것이었다. 특히 소년이 집착했던 것은 나무줄기에 칡넝쿨이 움푹 파이도록 감고 감아 조인 후 잘라서 잘 손질하면 멋진 도사지팡이가 되는 나뭇가지를 찾거나 새 혹은 사람 등의 기이한 모양을 하고 있는 나뭇가지를 찾아 다듬는 일, 한 가지에 솔방울이 여섯 개 이상 맺혀 있는 예쁜 소나무 가지를 찾는 것 등이었다.

이 학년 오후반이었을 때였다. 아침밥을 먹고 혼자 놀기 위하여 소년은 그의 보물을 찾기 위해 산으로 갔다. 모든 사냥이 성공할 수 없듯이, 그날은 별 수확물 없이 그저 나무들, 들꽃들과 얘기했던 것에 만족하며 산을 내려오고 있었다. 빨리 점심을 먹고 학교에 가야 했다. 숙제는 안 하고 몸으로 때우더라도 학교는 가야 했다. 학교에 안 갔다간 어머니에게 더 혹독한 벌을 받을 것이기 때문이다. 그러나 그때 꿩의 울음소리가 들렸다. 오른쪽으로 고개를 돌려 보니 아주 가까운 거리에서 꿩이 소년을 빤히 보고 있었다. 별 전리품이 없는 소년은 꿩을 향해 조심스레 다가갔다. 바보가 아닌 꿩은 달아났다.

그러나 이상한 것은 꿩이 몇 발자국만 도망가고 다시 그 자리에 서 있는 것이었다. 꿩이 바보인 모양이라 생각하며 다시 꿩을 향해 다가갔다. 꿩은 다시 몇 발자국을 달아나다 그 자리에 멈추었다. 그러길 몇 차례, 약이 오른 소년은 꿩 쪽으로 계속 다가갔다.

아니, 이런 횡재가?!

어미 꿩으로부터 삼사 미터 되는 지점에 꿩둥지가 있었고, 그 둥지 속에는 새끼 꿩 세 마리가 있는 것이었다. 그 순간 소년은 환희가 무엇인지를 맛보았다. 그 꿩둥지와 새끼 꿩 세 마리를 동네로 가지고 간다면 영웅이 될 것이다. 소년은 꿩을 잡은 전설적인 인물이 될 수도 있고, 경제적으로는 새끼 꿩 한 마리에 구슬 백 개 혹은 딱지 백 장과도 맞바꿀 수 있는 위력이 있기 때문이다.

소년은 너무나 행복한 마음으로 그 둥지를 집으려 허리를 굽혔다. 잘하면 어미 꿩까지 잡을 수 있겠다는 생각을 하며 어미 꿩을 바라보

왔다. 어미 꿩은 더 이상 달아나지 않고 꾸꾸르르 꾸꾸르르 울며 소년과 새끼들을 번갈아 보았다.

몇 초인지, 몇 분인지, 몇 시간인지 시간은 아무도 모르게 흘렀다.

산을 내려올 때 소년의 손에는 아무것도 없었다.

학교 가는 길에 오전반이 끝나 집으로 돌아오는 친구들과 마주쳤을 때도 애써 눈길을 다른 곳에 돌렸다.

그 자리에 한 마리의 어미 꿩과 세 마리의 새끼 꿩이 있었다는 사실은 지금까지 아무도 모르는 비밀이다.

산 속에는 아무도 없지만
꽃이 피고, 꽃이 지고
물이 흘렀다.
어린 소년의 숨소리와 함께!

불쌍한 도둑

고산골은 광명원과 아주 밀접한 관계가 있는 마을이다.

여름철에 동네 아이들의 수영장으로 쓰이는 연못의 주인인 연못 영감이 사는 마을이다. 그 마을 주민의 대부분은 농사를 짓고 살았다. 누나와 형이 다니던 수성초등학교를 가려면 고산골을 거쳐야 한다. 버스를 건인약국에서 내리지 않고 상동약국에서 내리면 방천의 돌다리를 건너고 고산골을 거쳐 많은 다랭이논을 지나야 광명원에 도착한다. 광명원에 샘을 파기 전까지 동네 아주머니들은 고산골의 우물에서 물을 길어 장독이나 양동이를 머리에 이고 다랭이논 사이로 난 오솔길을 한참 올라왔다.

도둑 소문은 먼저 고산골에서 시작되었다.

"○○집에 세숫대야를 도둑맞았다 카더라."

"○○집에 백철솥을 도둑맞았다 카더라."

비싼 물건은 아니지만 여러 가지 물건들이 여러 집에서 도둑맞았다는 것이다. 고산골도 가난한 동네여서 그리 훔칠 게 없었을 테고, 세숫대야가 도둑질로는 가장 인기 품목이었다.

시간이 흐르자 고산골에는 이미 도둑 경계령이 강하게 내려졌다.

도둑은 동네를 바꾸어 광명원을 선택했다. 광명원에도 바가지나 숟가락이 없어지는 집이 늘어나면서 경계 태세가 강화되었다.

어느 날 동틀 녘에 뒷집인 상봉이집이 떠들썩했다. 소년은 도둑을 잡았다는 소리에 그 무엇과도 바꿀 수 없는 달콤한 새벽잠을 도둑 구경과 바꾸기로 하고, 눈을 비비며 도둑 구경을 하러 갔다. 도둑은 사건 현장인 상봉이집 부엌에서 팔이 뒤로 묶인 상태로 고개를 숙이고 있었다.

어릴 적 도둑놈은 키 크고, 힘세고, 괴물같이 생긴 줄 알았다. 도둑놈은 휙휙 날아 담을 넘는 줄 알았다. 그리고 마음만 먹으면 어느 곳이든 못 들어가는 곳이 없을 것이라 생각했다. 그래서 잠자기 전 하루 종일 씹던 껌을 내일 다시 씹기 위해 벽에 붙여두면서, 속으로 '도둑놈이 와서 이 껌을 훔쳐가지 않게 해주이소' 하고 기도한 적도 있었다.

그날 본 도둑은 소년이 상상하던 것과는 너무나 다른 모습을 하고 있었다.

체격도 작고, 비쩍 말라 있었으며 나이도 상당히 많이 든 할아버지였다. 담이 있는 집에는 들어갈 엄두도 못 낼 정도로 약해 보였다.

몇몇 아이들이 도둑을 발로 찼다.

소년은 '도둑놈은 나쁘니 벌을 받아야 한다. 남자다우려면 도둑놈을 때려야 한다'고 생각해 용기를 내어 발로 차는 시늉을 하였다. 물론 형이 급하게 "야, 순교야 하지 마!"라고 해서 슬쩍 건드리는 데 그쳤지만 말이다.

그 도둑은 공동묘지 마을에 사는 할아버지다. 그것도 마을의 끝자락에 있는 아주 작고 무너져가는 흙집에 사는 할아버지였다. 그 집에는 거의 움직이지 못하는 할머니 한 분 그리고 다섯 살쯤 되어 보이는 여자아이 한 명이 살고 있었다. 늦둥이 딸인지 손녀인지는 모른다.

그 할아버지는 돈 가치도 거의 없는 세숫대야 정도로 무엇을 하고자 했을까?
다섯 살 소녀의 엿이라도 사주려고 그런 것일까?
오죽하면 앞 못 보는 사람들이 사는 동네의 세숫대야인가?

망각은 슬픔이기도 하지만 축복이기도 하다.
많은 시간이 지나도, 일상을 살고 있다가도 불현듯 가슴을 죄어오며 눈이 아닌 가슴에 눈물 한 방울 맺히게 하는 기억이 있다.

세게 찬 것도 아니고 시늉만 했을 뿐인데!
힘없이 고개 숙이고 있는 할아버지 옆에서 어린 소녀가 맛있게 엿을 먹고 있는 모습이 문득 떠오른다.

약해질 대로 약해진 할머니의 가느다란 한숨 소리도 함께.

할아버지의 쓰러져가는 집 옆 양지바른 곳에는 몇 송이의 팬지꽃이 할머니의 가느다란 한숨에 나부끼고 있었다. 소년은 그 꽃의 이름을 알기 전까지는 꽃의 무늬 모양이 마치 해골을 닮아서 해골꽃이라고 불렀다.

포도 한 알

어머니는 귀한 음식은 분배를 했다.

밥상에서는 팔등분 된 김을 일인당 몇 장씩 미리 배분하여 각자의 밥그릇 옆에 놓았다. 아버지와 모든 형제에게 쌓인 김의 높이는 같았지만, 어머니의 밥그릇 옆에는 김이 놓여 있지 않았다. 어머니의 몫으로 소년과 형제들의 밥그릇 옆에 쌓인 김의 높이가 조금씩 높아질 수 있었다. 그래서 소년이 어머니에게 물었다.

"엄마는 와 김 안 묵노? 맛있는데."

"나는 밥이 세상에서 제일 맛있다!"

생일날 먹을 수 있었던 계란도 후라이냐 아니면 따듯한 밥에 간장을 넣고 비벼 먹느냐는 선택만 있었다. 계란찜은 감히 상상도 못했다.

사과를 사면 보통 여섯 개 정도만 샀다. 아버지, 어머니, 선화, 현교, 정화, 순교 몫이다. 학교를 일찍 마치고 온 소년은 사과를 맨 먼저 먹었다. 형과 누나가 학교에서 돌아와 사과를 먹을 때 어머니의 사과는 소년의 몫이 되었다.

건빵과 사탕은 개수로 나누면 된다.

수박이나 참외는 적당히 분배하면 된다.

분배하기 가장 어려운 것이 포도이다. 포도알 크기 때문에 개수로도 나누기 힘들다. 무게를 재기도 힘들다. 양이 똑같다 하더라도 익은 정도가 알마다 조금씩 다르기 때문이다. 힘들게 배분된 포도 역시 어머니의 몫은 막내인 소년의 몫이 되었다.

어느 날 작은누나와 소년이 정확히 배분된 포도를 받았다.

큰누나와 형은 아직 학교에서 돌아오지 않았고 동네의 아이들도 마당에서 뛰어놀지 않는 조용한 오후였다.

포도 한 알의 껍데기를 누르며 미량의 국물도 세어나갈 수 없게 입술을 조정한다. 마지막으로 포도를 쭉 빨아들이며 놓칠 수 없는 마지막 황홀한 맛을 위하여 포도 껍질을 세게 비벼가며 누른다.

아! 환상적인 맛!

기생이네 과수원에서 몰래 따 먹던, 익지 않은 파란 포도와는 비교되지 않는 환상적인 맛이여!

옆방에서 포도를 먹고 있던 작은누나가 소년에게로 왔다.

"순교야! 니 포도를 세상에서 가장 맛있게 묵는 방법 아나?"

"그냥 묵어도 맛있잖아!"

"아이다 카이 꺼내! 포도를 더 맛있게 묵는 방법이 있는 기라. 그 방법을 가르쳐 주면 포도 한 알 줄끼가?"

"음! 묵어보고 맛
있으면 포도 한 알
주께."

검보라색으로 잘
익은 포도 한 알을 포도
송이로부터 떼어낸 누나의
설명이 시작되었다.

"오른손으로 포도알을 꼭
지가 위로 오게 잡는 기라! 그라
고 꼭지 쪽 껍데기를 조심조심해
서 요렇게 손톱으로 벗기는 기라! 껍데
기를 세워서 떼지 말고 요렇게 눕혀서 살살
땡기는 게 중요한 기라!"

설명과 함께 세상에서 가장 맛있는 포도가 탄생되었다. 표피가 벗겨
졌지만 포도는 검보라색이었다.

설명을 들으며 착실히 누나를 따라한 소년도 같은 포도알을 손에
들었다.

누나가 포도알을 입에 넣고 잠시 천국을 다녀왔다.

소년도 포도알을 입에 넣었다. 정말로 너무너무 맛있었다.

누나가 물었다

"맛있쩨? 맛있쩨?"

정말 맛있었지만 소년은 자신을 속이며 대답했다.

"그게 그기구만. 그냥 먹는 거하고 맛이 똑같은데 뭐!"

소년은 결국 포도 한 알을 누나에게 주지 않았다.

천사 같은 작은누나는 웃음으로 화답했다.

소년은 슬그머니 방에서 나와 괜히 부끄러워 하늘을 쳐다보며 영욱이집과 축대 사이에 있는 으슥한 공간으로 숨어들었다. 그리고 아직 남아 있는 귀한 몇 개의 포도알을 누나에게서 배운 방법대로 까먹었다.

표피가 벗겨진 소중한 포도알을 입에 넣을 때마다 소년은 저도 모르게 저절로 두 눈이 살짝 감겼다.

살다 보면 누구에게나 시련이 다가온다.

천사 같은 작은누나가 아프다거나 시련을 겪을 때면 소년은 마음이 몹시 저려 온다.

'사는 게 다 그렇지'라고 얼버무리려 해도, 간절하게 아픈 마음 저 깊은 곳에서 슬며시 고개 드는 생각!

'아! 그때 작은누나에게 포도 한 알 줄걸. 잘 익지 않은 한 알을 골라서라도!'

달콤한 밥

어릴 때 소년은 중국 무술영화를 좋아했다.

중국 영화의 주인공은 하늘을 날았고 수많은 악당들과 대결해도 무조건 이겼고 마지막에는 꼭 원수를 갚고야 말았다. 억눌려 있었던 소년의 감정과 생각들을 영화의 주인공이 대신 풀어주는 것에 큰 쾌감을 느꼈다.

중국 무술영화 중에서도 유명한 배우 왕유가 나오는 영화는 특히 더 좋아했다. 왕유가 그려진 영화 포스터를 보면 소년의 마음은 걷잡을 수 없이 요동쳤다.

영화를 보려면 하루에 일 원인 용돈을 오 일 동안 쓰지 않고 모아야 했다. 눈깔사탕을 안 사 먹고 하루를 견딘다는 것은 대단히 어렵다. 하물며 눈깔사탕 없는 오 일은 상상할 수도 없었다. 결국 원하는 영화를 보기 위해서는 어머니에게 애원하며 떼쓰는 것 외에는 방법이 없었다.

이 학년 어느 날 오전반 수업을 마치고 집에 돌아온 소년은 끓어오르는 마음을 다스릴 길이 없었다. 며칠 전부터 왕유가 나오는 영화를 보여 달라고 어머니에게 무진 떼를 썼지만 어머니는 그 부탁을 단호하게 거절했다. 어머니는 중국 무술영화보다는 꿈과 상상력을 줄 수 있는 《해저 2만 리》 같은 영화를 보기를 원했다. 몇 개월 전 《해저 2만 리》를 보라고 준 오 원으로 소년은 중국 무술영화를 봤던 것이다. 그 벌로 당분간 중국 무술영화는 금지된 상태였다.

왕유가 나오는 영화는 오늘이면 끝나는데 어머니는 돈도 주지 않고 아버지와 시내로 외출했다. 가슴이 부글부글 끓어오르던 소년은 어머니에게 원수를 갚기로 결심하였다. 과연 무엇으로 어머니에게 원수를 갚을까? 고민하다 배가 고파졌다.

아랫목 이불 속에 있는 따듯한 밥그릇을 끄집어냈다. 조그만 밥상 위에 미리 준비된 몇 가지 소박한 나물 반찬, 김치와 함께 밥을 먹었다. 밥을 다 먹고 난 후 갑작스레 영감이 떠올랐다.

맞아, 이렇게 원수를 갚으면 되겠다.

소년은 아랫목 이불 속에 남아 있던 밥그릇 두 개를 끄집어내었다. 밥에 더러운 침을 뱉어 밥을 못 먹게 하리라. 그 정도면 영화를 못 본 원수는 갚는 셈이다. 밥그릇에 침을 뱉는 것을 본 사람도 아무도 없잖은가?!

밥그릇의 뚜껑을 열었다. 그리고 침을 뱉었다. 조금 있다가 침을 또 뱉었다. 보통 때는 잘 나오던 침이 그날따라 모자랐다. 그래도 소년은 더 열심히 침을 모아 두 그릇에 공평하게 뱉었다. 그리고 밥그릇 뚜껑을 덮고 다시 아랫목에 넣고 이불을 덮었다.

　누나와 형보다 어머니와 아버지가 먼저 귀가했다.
　산길을 올라온 아버지와 어머니는 시장했고, 어머니는 아랫목에서
밥그릇을 끄집어내어 밥상 위에 올려놓았다.
　'엄마, 묵지 마라. 내가 침 뱉었다'고 말하고 싶었으나 말하지 않았다.
괜히 말했다가 소년은 그날이 초상나는 날이 될 거라 생각했기 때문이
다. '죽지는 않겠지'라고 생각하며 그저 모른 척하고 딴청을 부리고 있
을 뿐이었다.

　한두 숟가락 밥을 먹던 어머니가 말했다.
　"희안하네, 오늘은 밥이 되게 달콤하네? 밥이 왜 이렇게 달지? 당신은
밥맛이 어떤 교?"
　어머니는 아버지께 물었다.
　"내 밥도 달콤하네. 밥이 달콤하니까 참 맛있고 좋다."
　두 분은 금세 밥 한 그릇을 뚝딱 해치웠다.

　소년은 과연 원수 갚기에 성공한 것일까, 실패한 것일까?

삼일천하

일 원이면 큰 눈깔사탕 하나!

오 원이면 큰 건빵 한 봉지!

기름에 튀긴 고급 건빵은 오늘의 운세에 횡재수가 없다면 맛보기 힘든 고급 주전부리였다.

눈깔사탕 한 개는 우리의 행복!

건빵 한 봉지는 우리의 꿈!

오늘의 운세에 횡재수가 없이는 맛보기 힘든 기름에 튀긴 고급 건빵 한 봉지는 소년에게 환상이었다.

장수의 동생은 다리를 저는 종수, 종수의 여동생은 숙자였다. 숙자네 식구들은 소년이 초등학교 이 학년 때쯤 이사 왔다. 종수 아버지의 고향은 안동이었다. 종수 식구들 중 누군가 고향을 갔다 올 때면 꼭 먹을 것을 많이 가져왔다. 특히 개떡을 많이 가져왔다.

숙자는 소년보다 두세 살 어렸는데 먹을 것을 들고 나와 자랑하며 먹을 때가 많았다.

개떡을 먹고 있는 어리고 조그마한 숙자에게 동네 아이들이 말했다.
"숙자야! 맛있나? 쪼끔만 띠도!"
주고 안 주고는 숙자의 기분에 달려 있었다. 사과를 먹고 있는 숙자에게 애원했다.
"숙자야 한 입만 도! 쪼끔만 배무께."
애원하는 아이들의 마음은 하늘에 닿고도 남았다.

남자든 여자든, 나이가 적든 많든 간에 먹을 것을 가진 애는 왕이었다. 먹을 것 앞에서 나이와 상관없이 의연한 애들은 감히 없었다. 단맛이 너무나도 그리워 치약을 조금씩 찍어 먹은 적도 있었다.
하루 용돈 일 원 받는 소년은 한 시간 정도 입에서 서서히 녹으며 단맛을 내는 왕눈깔사탕 하나로 그날의 작은 행복 하나를 챙겼다. 차고 넘치지는 않았지만 그마저도 못하는 친구들이 많은 시절에 그 정도면 충분했다.

어느 날 갑자기 광야도 아닌 광명원에, 소년이 사십 일 기도도 하지 않았는데 작은 악마가 찾아왔다. 귀여운 악마는 소년에게 왕이 되게 해주겠다고 했다. 소년은 고민 끝에 그 제의를 받아들였다.
어머니가 교회의 회계였고, 큰누나도 교회 학생부의 회계였다. 어머니가 관리하던 돈은 방의 장롱 깊숙한 곳에 숨겨 있어서 감히 넘볼 수가 없었다. 그런데 큰누나가 관리하는 돈을 보관하는 곳은 사남매가 생활하던 방에 있는 장롱의 서랍이었다. 아래쪽 서랍에는 누나가 관리하는 지폐와 동전이 들어 있었다. 엄마와 아버지가 함께 외출한 날이면 소년은 많은 시간을 홀로 집에 있게 된다.

작은 악마가 소년에게 지시했다.

긴장하지 말고 방으로 들어가라. 지금 집에는 아무도 없다.

그래도 주위를 한 번 살피고 위를 한 번 쳐다보아라. 그러면 심장이 뛰지 않을 것이다.

돈이 들어 있는 서랍 앞으로 다가가라. 그러나 돈이 든 서랍을 열지 말고 그 위쪽 서랍을 먼저 열어라.

위 서랍의 물건을 만지작거려라. 불시에 사람이 들어와도 괜찮고, 물건을 만지는 동안 양심이 조금은 무뎌질 것이다.

은근슬쩍 아래 서랍도 열어라. 그리고 위 서랍을 닫아라. 그러면 아래 서랍의 돈이 보일 것이다.

양심의 가책을 한두 번 정도는 느껴라. 그래야 죄책감이 줄어든다.

위 서랍을 반쯤 닫고 돈을 집어라. 반드시 일 원만 집어라. 한꺼번에 많이 훔치면 범행이 쉽게 드러난다.

재빨리 돈을 주머니에 넣어라. 아무 일 없는 듯이 슬그머니 방문을 나서라.

신을 신고 다시 한 번 허공을 보아라.

땅을 보며 자신을 돌이켜보지 말고 허공을 보며 이성을 분산시켜라. 그리고 허공에다 마지막 한 방울 남은 너의 죄의식을 잘게 부수어 날려버려라.

자 이제 일 원의 행복을 즐겨라. 그 짜릿한 행복의 맛을 보고 나면, 너는 더욱더 담대해질 것이다.

하루 용돈 일 원을 쓰고 난 후 또 일 원이 남아 있다는 행복한 포만감은 겪어보지 않은 사람은 모를 것이다. 눈깔사탕이 주는 달콤함 후에도 마음 설레는 또 다른 그 무엇이 있다는 기쁨! 그리고 일 원과 일 원이 합쳐졌을 때의 엄청난 위력! 그 막강한 행복에 취해 도둑이라는 개념은 소년의 머릿속을 완전히 떠나버렸다.

처음에는 훔친 돈으로 산 과자는 왠지 남들 앞에서 먹지 못하고 아무도 없는 곳에 숨어서 먹었다. 시간이 흐르자 훔친 돈으로 산 과자도 자연스럽게 남들 앞에서 먹을 수 있게 되었다.

소년을 따르는 아이들이 조금씩 늘었다. 숙자는 그의 상대도 되지 못했다.

그의 추종자들이 늘어나며 소년은 왕이 되기로 결심했다.

왕이 되기 위하여 오 원짜리를 훔치기로 결심했다. 오 원으로 건빵을 사서 그의 백성들에게 먹이리라!

건빵 한 봉지의 위력은 대단했다.

소년 하나 먹고 도한이 한 개 주고, 소년 하나 먹고 원현이 하나 주고, 소년 하나 먹고 성구 하나 주고, 소년 하나 먹고 종수 하나 줄 때 그

아이들은 왕에 대한 존경과 감사의 눈빛을 보내며 소년을 찬양했다. 그리고 그 찬양에 감동한 소년은 '그의 백성을 더욱더 사랑해야겠다'고 마음먹었다. 다음 날은 건빵 두 봉지를 샀다. 통 큰 왕은 과감하게 한 봉지를 그의 백성들에게 주었고, 왕에 대한 백성들의 칭송은 끝이 없었다. 그 끝없는 칭송은 여기저기로 이웃나라로 먼 나라로 퍼져 나갔다.

다음 날도 왕의 만찬은 계속되었다. 뒷동산에서 백성들과 건빵을 나눠 먹고 있을 때 동네 마당에서 어머니가 "순교야!" 불렀다. 소년은 깜짝 놀라 건빵을 숨겼다. 건빵 봉지를 놓고 돌로 덮었다. 그리고 집으로 갔다.

폭풍 전야 같은 조용한 분위기 속에서 다 같이 저녁을 먹었다.

식사 후에 형이나 누나 어느 누구도 말하는 사람이 없었다.

설거지를 마치고 돈을 훔친 서랍이 있는 방에서 어머니의 심문이 시작되었다. 어머니는 아주 작은 목소리로 말했다.

"아까 뒷동산에서 뭐하고 있었노?"

"건빵 묵고 있었다."

"니가 무슨 돈이 있어 건빵을 사 묵었노?"

"아부지하고 불로동 갔을 때 과수원집 할매가 주셨다."

"그 할매가 돈 주는 사람이 아이다. 바른대로 말해라!"

"큰고모가 돈 줬다."

"큰고모가 니한테 돈 준 적 없다 켔다. 바른대로 말하거라!"

"맹호집 아저씨가 심부름 시키며 돈 줬다."

"지금 맹호집에 물어보러 가까?"

이런저런 많은 말을 했지만 이미 모든 사실을 다 알고 있는 어머니에게 전혀 받아들여질 리 없었고, 소년이 봐도 말 안 되는 말들을 하고 있었다.

소년은 사실대로 자백했다.

어머니는 이미 소년이 훔친 돈의 총액이 오십칠 원이라는 것까지 알고 있었다.

소년의 집에는 좋은 파리채가 있었다. 강철 재질의 철사를 꽈배기처럼 꽈서 만든 날렵하고 탄력 있는 채에다 플라스틱으로 된 파리채 손이 달려 있어 파리를 잡을 때 공기를 가르며 '쌩' 하는 소리가 났다.

그날 파리채는 파리가 아닌 소년의 마음속에 있는 악마를 잡는 데 사용되었다. 소년도 악마를 잡는 것에 동의하며 어머니에게 모든 것을 맡겼다.

소년의 바지가 내려가고 뽀얀 엉덩이가 드러났다.

'쌩' 소리와 함께 울음 섞인 비명 소리가 시작되었다. 소년은 잘못을 반성하며 참아보려 했지만 강철 파리채의 위력은 대단했다.

"엄마, 다시는 안 그러게 용서해도!"

애원에 애원을 거듭했으나 '쌩쌩' 소리는 쉽게 그칠 줄을 몰랐다. 소년의 마음속에 있는 작은 악마를 완전히 몰아내기 위하여 엉덩이는 처절하게 희생되어야 했다.

맞으며 힘쓰고 울다 지칠 대로 지쳐버린 소년은 잠 속으로 빠져들었다.

어머니는 아버지가 부상당하셨을 때 평생 흘려야 할 눈물을 다 흘려버려 눈물이 말랐다고 했다.

잠결에 어렴풋이 느꼈다. 어머니가 소년의 엉덩이에 연고를 발라 문지르고 있었다. 어머니가 크게 한숨을 쉬었다. 몇 방울의 물이 소년의 엉덩이 위로 떨어졌다. 소독하는 알코올이라면 엄청 따가울 테니 알코올은 아니다. 물방울은 좀 미지근했다.

'엄마의 눈물은 말라버렸는데, 설마 엄마의 눈물은 아니겠지!'

다음 날 처절한 비명을 지르며 삼 일간의 왕좌에서 물러난 소년은 '마지막 전리품이라도 챙겨야지'라고 생각하며 뒷동산으로 갔다. 엉덩이를 한 번 쓰다듬고 어제 건빵 봉지를 덮어 놓았던 돌을 치웠다. 들쥐인지 다른 들짐승인지 소년보다는 머리가 한 수 위였던 것 같다.

'아! 어제 죗값을 다 치렀는데! 아깝다!'

왠지 가을바람이 더 차갑게 느껴졌다.

며칠이 지난 후 어머니에게 물었다.

"엄마, 나도 회개하면 천당 갈 수 있나?"

"……"

세월이 많이 흐른 후 어머니가 말했다. 소년이 그 질문을 할 때가 자신 인생의 가장 기쁜 날 중 하루였다고!

불놀이

겨울의 대표적인 놀이!

눈싸움과 눈사람 만들기, 눈썰매 타기, 썰매와 스케이트 타기, 팽이치기, 딱지치기 등이 있었으나 소년을 가장 흥분시켰던 것은 단연 불놀이였다.

다른 놀이들은 단순한 즐거움을 주는 반면, 불놀이는 영혼까지 불타오르게 하는 그 무엇이 있었다. 그러나 아쉽게도 정월대보름날 쥐불놀이 외에 불놀이는 금지된 놀이었다.

불조심에 대한 포스터만 해도 수십 장 그렸을 것이다.

소년은 교육의 힘으로 불놀이를 죄악시하였다. 그러나 금지된 것은 그 자체만으로도 사람을 흥분시키는 무엇인가가 있다. 그리고 불놀이가 주는 황홀한 유혹은 너무나도 컸다.

소년은 깊은 고민 끝에 하나의 방법을 생각해 내었다.

다른 애들이 불놀이를 할 때 동참한다. 그러나 불을 지르는 역할은 절대로 하지 않는다(사실 불을 지르는 것이 가장 재미있으며, 소년은 그것을 포기한 셈이다). 대신 소년은 불을 끄는 나름대로의 장비를 갖추고 불을 끄는 역할만 담당한다. 그러면 소년은 불놀이를 하는 것이 아니고 불을 끄는 소방관이 되는 것이다. 그래서 소년은 자신을 소방관이라고 생각했고, 다른 애들도 소년을 소방관이라고 불렀다. 그러나 불을 끄기 전 활활 타오르는 불꽃에 소년의 정신은 황홀감을 맛본다. '아 ! 이러면 안 되는데'라고 스스로를 추슬러보지만, 타오르는 불 앞에서 그의 영혼은 항상 함께 불타올라 환상의 세계에 도달한다.

그럴 때면 얼마 전 파리채에 의해 작은 악마가 죽어버린 마음속에서 죄책감이 쑥쑥 고개를 내민다.

'아 내가 죄를 짓고 있는 것일까, 아닐까?'라는 끊임없는 의문을 누구에게도 물어볼 수 없었다. '그것은 확실한 죄다'라는 결론이 날까 두려웠던 것이다.

그래서 질문하는 대신 소년은 결심했다.

'무조건 회개하자.'

소년이 소방관 역할을 한 날은 그의 끊임없는 회개가 이어졌다.

저녁 식사에서 밥 한 숟가락 먹을 때마다 눈을 감고 회개했다.

'소방관 역할을 하면서 불꽃을 즐긴 것을 용서해주십시오.'

옥수수 간식이 있는 날은 옥수수 한 알 먹을 때마다 눈을 감고 회개했다. 사과를 먹는 날도 사과를 한 입 베어 물 때마다 회개했다.

회개를 하면서 '이젠 소방관 역할도 더 이상 하지 말아야지'라고 결

심한 적도 많았다.

그러나 친구들이 "순교야, 놀자! 불놀이 하러 가자. 소방관 쫌 해도!"라는 말이 끝나기도 전에 소년은 밖으로 달려 나가서 그의 장비를 챙겼다. '아! 오늘도 보람찬 소방관의 하루'라고 생각하며 하늘도 눈치채지 못하게 마음속으로 콧노래를 부르며 가벼운 발걸음을 서둘렀다.

캠프파이어가 인삼이라면 시골 아이들의 불놀이는 산삼 그 이상의 것이다. 누가, 어떻게 시골 아이들의 불놀이를 탓할 것인가!

소년이 대학생이 된 후 어머니가 그에게 말하였다.

"나는 니가 교회 돈을 훔치고 얼마 후부터 너무너무 회개를 열심히 하는 것을 보고 너무 행복했데이!"

소년은 그 말에 미소만 지었다.

'엄마, 그때 그 회개를 한 게 아이고 불놀이 했던 거 회개한 거다'라는 말은 안 해도 되는 나이가 되었던 것이다.

아찔한 순간

삼 학년 수업시간이었다. 선생님께서 말씀하셨다.

"계절은 몇 가지가 있을까?"

소년은 '아! 내가 아는 것이다'라는 생각에 정신을 차렸다. 지금까지 음악, 미술시간 외에는 정신을 집중한 적이 없었다. 아는 답의 문제도 없었다. 그런 소년에게 드디어 대답할 기회가 왔다.

일이삼 학년 통틀어서 소년이 바보가 아니라는 것을 증명할 기회가 처음 주어진 것이다.

자신 있게 대답하고 싶은 마음은 너무나 간절했지만 두려움이 그의 팔을 꽉 움켜잡고 놓아주지 않았다.

대답을 하고 싶은 마음이 커지면 커질수록, 점점 더 강해지는 심장박동은 머리까지 전해져 또 다른 하나의 심장이 머리에도 있는 것 같았다.

그렇게 갈등하고 있는 사이 다른 학생이 손을 들고 대답했다.

"봄, 여름, 가을, 겨울입니다."

"음, 잘했어."

그 말을 듣고 소년은 한참 동안 호흡을 멈추었다.

그러고는 태고에 숨을 들이켜 억만 시간을 참아온 뒤 쏟아내는 듯한 크나큰 안도의 한숨을 내쉬었다.

가슴속 심장보다 더 깊은 곳으로부터 뿜어져 나온 한숨은 천둥, 번개가 치고 억수 같은 비가 쏟아질 때 부는 강한 태풍보다 몇백 배로 강한 바람이었다. 같은 반 아이들은 천둥, 번개와 강한 비바람 소리를 듣지 못했지만 말이다.

주위의 편안한 일상에 다시 한 번 안도의 한숨을 내쉰 소년은 눈을 뜬 채 다시 깊은 잠 속으로 빠져들었다.

소년은 그날 계절은 봄, 가을, 겨울만 있는 것이 아니라 여름도 있다는 것을 알았다.

김명순 선생님

    소년은 자신이 일 학년일 때의 학교생활을 아무것도 기억하지 못한다. 그를 기억하는 사람도 아무도 없을 것이다. 그는 학교에서 열등감에 빠져 자신 속에만 있었다. 깊은 잠에 빠져 있었던 것이다.

    이 학년 때도 일 학년 때와 같았다.

    이 학년 때까지 아무런 존재감이 없었던 그에게 선생님이 무엇인가 시키는 경우는 한 번도 없었다. 그는 한 번도 산수문제의 답을 말해 본 적이 없었다. 한 번도 "철수야, 영희야"를 학교에서 읽은 적이 없었다. 천만다행이었다.

    그러나 삼 학년 때 사건이 터지고 말았다.

    삼 학년 담임선생님은 긴 머리칼에 머리띠 하기를 좋아하셨고 몸매는 아주 날씬했다. 학생들에겐 아주 엄격하고 무서운 선생님이었다. 특히 숙제를 하지 않은 학생들에게 든 매는 상당히 아팠다.

    어느 날 국어시간이었다.

소년은 항상 그래왔듯이 '책 읽는 것은 나와 상관없다'고 생각하며, 어느 누군가 지적당할 것을 기다리며 편안히 책을 보고 있었다.

아뿔싸! 선생님께서 그를 지적하신 것이다.

"이순교, 읽어봐."

소년은 갑자기 머리가 멍해졌다.

눈앞이 캄캄해져 왔다.

가슴은 쿵쾅쿵쾅 뛰고 있었다.

몸이 움직이지 않았다.

숨쉬기도 힘들었다.

오직 시간이 흘러가기만을 고개 숙이고 기다릴 뿐이었다.

고요하고 긴긴 시간이 적막감으로 바뀌었다.

다시 한 번 기나긴 시간이 흐르자 적막감이 깨지며 주위의 웅성거림이 시작되었다.

"순교는 글도 못 읽는 갑다."

"하하……."

여기저기서 아이들의 웃음소리가 들리기 시작했다.

팽팽했던 긴장감이 풀어지고 소년을 향한 적극적인 조롱이 시작될 즈음 선생님은 애들을 조용히시키셨다. 그리고 놀랄 정도로 차분하게 말씀하셨다.

"이순교, 읽어봐. 할 수 있어."

소년은 자리에서 일어났다.

그리고 교과서를 물 흐르듯이 읽었다.

막상 읽고 나니 정말 별것 아니었다.

그리고 선생님은 칭찬해주셨다.

"잘 읽는구만!"

며칠 후 어느 날 쉬는 시간에 선생님께서 소년에게 다가왔다. 그리고 그의 오른팔을 잡으려고 했다. 소년은 무의식적으로 화상 자국이 심한 오른팔을 뒤로 숨겼다. 그래도 선생님은 한 발 더 다가오면서 그의 팔을 잡았다. 그리고 팔을 만지면서 다정히 물었다.

"참 많이 아팠겠구나. 지금은 안 아프니?"

'지금은 괜안심더'라고 말하고 싶었으나 말이 목구멍을 넘어오지 않아서 그저 고개를 끄덕일 수밖에 없었다. 소년은 마음속으로 생각했다. '선생님이 나에게 왜 이러시지? 우리 아버지는 봉사여서 힘도 없고 우리 집은 부자도 아닌데?'

그러나 그날 이후 소년은 서서히, 아주 조금씩 열등감에서 벗어나고 있었다.

번데기가 꿈틀거림을 시작했던 것이다.

며칠 후 소년의 교실은 눈물바다가 되었다.

선생님께서 사정이 생겨서 학교를 못 나오게 되었다는 것이다.

정말로 갑작스럽게 간단한 이별 인사 후 선생님은 훌쩍 떠나버렸다.

당시는 전혀 몰랐다. 후에 알았다.

학교를 곧 떠나게 될 선생님은 착하지만 열등감에 빠져 있는 소년에게 선물을 주고 싶었던 것이다. 선생님은 책을 읽으라고 지시한 후 그 긴긴 시간을 기다려 주었다. 그리고 소년의 오른팔에 있는 화상자국을 어루만져 주었다.

삼 학년 여름방학식 날 통지표를 받았다.

어머니가 기뻐했다.

"아이고, 우리 순교 공부 잘했네!"

이전에 소년은 시험 등수에 전혀 관심이 없었다. 신의 축복이 가득한 천연 놀이터 속에 있는 집에 살고 있는데 공부는 무슨 공부란 말인가! 그러나 어머니가 하도 호들갑을 떨어서 별 관심 없이 통지표를 보았다.

38/64, 64명 중 38등이었다.

38등이면 부모를 기쁘게 할 수 있는 등수인 모양이다.

방학이 끝나고 학교에 가며 생각했다.

'아! 김명순 선생님이 웃으며 우리를 맞아주면 좋겠다!'

김명순 선생님은 보이지 않았다.

소년은 다시 깊은 잠 속으로 빠져들었다. 그리고 꿈을 꾸었다.

이제 막 교직 생활을 시작한 순수하고 착한 남자 선생님이 애들에게 기합을 주었다. 애들은 두 팔을 들고 있었다. 선생님도 같이 두 팔을 들었는데, 그 두 팔로 걸상을 들고 있었다.

맹호집

동네를 막 벗어나는 지점에 자리한 맹호집.

낮은 곳에서 산 쪽으로 불어오는 세찬 바람을 처음 맞이하는 곳.

밤길을 다닐 때 공포를 느끼기 시작하는 출발점.

개의 으르렁거림 외에는 거의 인기척이 없는 조용한 집.

시골 동네의 평범한 품목을 갖춘 조그만 구멍가게.

자식이 없었던 그 집의 아저씨는 맹호 아빠, 어머니는 맹호 엄마, 할머니는 맹호 할매로 불렸다. 그 집에서 키우는 누런색의 잘생긴 불독 이름이 맹호였기 때문이다.

맹호집은 크나큰 의미를 가진 집이었다.

맹호 아빠는 미군부대에 근무해서 그런지 시골 동네에서는 감히 상상도 할 수 없는 텔레비전을 가지고 있었다. 그것도 아주 큰 텔레비전이었다.

언제부터인가 서서히 하나의 공식이 자리잡기 시작했다. 맹호집에서 과자를 사 먹는다든지 물건을 사면 텔레비전을 볼 수 있는 자격이 주어지는 것이었다. 동네 아이들은 앞다투어 맹호집으로 달려갔다. 어떤 방송을 하는 것과는 상관없이 그저 텔레비전이 눈앞에 있다는 자체가 너무 행복했다. 일요일 오후쯤에는 거의 온 동네 아이들이 맹호집의 안방에서 텔레비전을 보았다.

돈이 없는 아이들은 작전을 짰다. 여러 명이 돈을 모아 껌을 한 통 산후 하나씩 나눠 씹으며 텔레비전이 있는 방문을 자신 있게 열고 들어갔다. 방문을 들어갈 때면 가급적 입을 크게 벌리고 소리를 쩝쩝 내서 맹호집의 모든 과자를 다 먹고 들어온 양 허세를 부렸다.

그러나 텔레비전과 함께한 아이들의 행복은 오래가지 않았다.

동네 아이들 때문에 주말을 편히 보내지 못해 크게 스트레스를 받은 맹호 아빠가 어느 날 갑자기 이렇게 선언했기 때문이다.

"이제 과자를 사 먹는 것과 상관없이 텔레비전은 못 본다."

많은 동네 아이들이 엄청난 충격을 받았다.

한여름에 시원한 비를 맞으며 즐겁게 뛰어다니다가 갑작스레 떨어지는 커다란 우박을 맞은 것처럼.

설날 신나게 마당에 함께 모여 놀다 집 화장실까지 가기 귀찮은 여자애들이 한꺼번에 볼일을 보고 있는데 볼일 보는 아래로 스르르 굴러온 폭음탄이 '펑!' 하며 터졌을 때처럼.

보형이가 고산골 애들과 전쟁한다고 해서 던지기 좋은 돌을 주머니에 잔뜩 넣고 진을 치고 기다리는데 고산골 애들은 정작 한 명도 나타나지 않았을 때처럼.

맹호 아빠가 퇴근하지 않은 어느 날 오후 보형이는 몇몇 동네 애들을 집합시켰다. 기생이의 밭을 지나 맹호집 뒷켠으로 살금살금 다가갔다. 그곳에 크고 요란스러운 모양의 텔레비전 안테나가 있었다. 보형이는 보란 듯이 안테나를 발과 손으로 짓뭉개 버렸다. 그러고는 보형이의 신호에 따라 다들 부리나케 도망쳤다.

텔레비전이 없는 긴 시간이 흘렀다. 박치기왕 김일 선수의 레슬링 경기가 없는 한 굳이 텔레비전은 필요 없었다. 동네 아이들의 생활은 평범한 일상으로 돌아갔다. 그리고 맹호집에도 변화가 있었다.
아! 어느 날 갑자기 맹호집에 선녀가 나타난 것이다.
얼굴은 너무너무 하얗고 갸름했다.
약간 웨이브진 머리카락은 동네 아줌마들의 꼬불꼬불한 파마머리나 비녀를 꼽은 머리도 아니고, 누나들의 자연적인 거친 머리도 아니었다. 선녀의 머리카락은 소년의 작은 발걸음과 숨소리에도 흔들릴 준비를 하고 있는 듯했다.
목소리는 크지 않고 조용했으며 사투리도 거의 사용하지 않았다.
좀처럼 웃지 않았지만 살짝 웃을 때면 그 시절 보기 힘든 금빛이 빨간 입술 너머에서 반짝였다.
몸매는 동네 사람들과는 달리 바람이 불면 날아갈 것 같았고, 주로 검정색 옷을 즐겨 입었다. 그리고 사람에게서 지금까지 맡아 본 적이 없는 꽃향기가 났다.

동네 사람들은 그 선녀를 맹호 이모라 불렀다.

삼 학년 어느 날 저녁 어머니가 십 원을 주며 소년에게 심부름을 시켰다. 맹호집에 갈 때면 언제나 '아! 오늘 맹호 이모가 있었으면 좋겠다'고 생각했다. 그날 맹호 이모가 있었다. 한순간 그윽한 향기에 취하며 물건 값으로 십 원짜리 동전을 내고 오 원짜리 동전을 돌려 받았다. 잠시 동안 즐긴 행복을 몰래 감춘 채 인사를 하고 문을 나왔다. 기쁨의 큰 호흡을 한 후 집으로 달려왔다.

집에 거의 도착해 흥분이 거의 가라앉았을 즈음 손에 꽉 움켜지고 있던 거스름돈을 확인했다.

아뿔싸! 손에는 오 원이 아닌 오십 원짜리 동전이 있었다.

단 한순간의 망설임도 없이 소년은 숨바꼭질할 때보다 더 빠른 속도로 맹호집을 향하여 달려갔다.

맹호집의 문을 열었다. 어두컴컴한 가게에는 아무도 없었다. 가쁜 숨을 진정시키려 노력하며 작게 "보이소! 보이소!" 하자, 방문을 열고 맹호 이모가 나왔다.

"어! 순교 또 왔니? 뭐 줄까?"

"그기 아이고예, 아까 오 원이 아이고 오십 원을 주셨심더."

소년은 오른손에 쥔 오십 원짜리 동전을 수줍게 내밀었다.

맹호 이모는 오십 원을 되돌려 받고 돈통에서 오 원을 꺼내어 소년에게 주었다. 그리고 맹호 이모는 향기로운 두 손으로 소년의 오른손을 감싸 꼭 잡았다. 잠시 후 맹호 이모는 그의 머리를 쓰다듬었다.

너무나도 황홀했다. 그러나 조금 후 소년은 거의 기절할 뻔했다.

맹호 이모가 그 예쁜 입술을 귀에 바짝 대고 속삭이듯 말하였다. 그때는 너무 조용하고 주위에 듣는 사람이 아무도 없었지만 말이다.

맹호 이모의 숨결과 가느다란 음성이 귓속을 파고들었다. 그리고 깊은 곳에 숨어 있는 소년의 영혼을 빛이 찬란하게 부서지며 반짝이는 황홀의 세계로 이끌었다.

"순교야, 내일 저녁에 가족들 다 모시고 텔레비전 보러 와. 내일 신동파 선수가 나오는 농구 시합 녹화 중계*가 있어."

"정말로예?"

"응."

너무 기적 같은 일이 일어나서 소년은 의문형이 아닌 감탄형의 질문을 했다.

"엄마도예!"

"응."

"그럼 누나도예!"

"응."

"그럼 형도예!"

"응."

맹호 이모는 큰 눈을 깜박이며 고개를 끄덕였다.

소년은 운동회를 할 때보다 더 빠르게 달려 집으로 달려왔다.

---

* 한국이 아시아선수권대회에서 그 당시 농구의 최강국인 필리핀을 이기고 우승한 경기.

다음 날 소년의 식구들은 보통 때보다 이른 저녁을 먹고, 맹호 이모의 부탁대로 도둑고양이처럼 조용조용히 맹호집으로 향했다. 물론 마음속으로는 시끌벅적한 웃음소리가 끊이지 않았지만 말이다.

맹호 이모가 환하게 웃으며 식구들을 반갑게 맞아주셨다. 농구 시합이 시작되자 식구들은 영웅 신동과 선수의 모습에 감탄하며 손뼉을 치고 환호를 보내며 즐겁고 행복한 시간을 보냈다. 단 한 사람 소년만 제외하고 말이다.

텔레비전을 볼 때 맹호 이모가 자꾸 소년을 자기 옆에 앉히고 싶어했다. 소년은 부끄러움에 몇 번 사양하다가 결국 맹호 이모 옆에 앉았다. 맹호 이모는 소년의 손을 꼭 잡고 가끔 머리를 쓰다듬어 주었다.

소년은 정신이 몽롱했다.

'아! 이 사람이 우리 엄마였으면!'

장래 희망

학년이 시작될 때 가정조사 설문지를 쓴다.

가장 중요한 항목이 아버지의 직업, 부모님의 학력, 집에 있는 물건이었다.

집에 TV가 있으면 제법 부자, 냉장고가 있으면 상당히 부자, 학교에도 한 대밖에 없는 피아노가 있으면 상상도 못할 부자, 자동차가 있으면 다른 세상 사람이었다. 조사 항목에 수영장은 없었다. 소년의 집에는 아무것도 없었지만 동네 바로 앞 다랭이논에 물을 대는 작은 저수지 연못이 있었고 그곳은 소년의 수영장이었는데 말이다.

"엄마, 아부지 학력은 뭐라 쓸꼬?"

"아부지는 한문을 상당히 많이 아이꺼내 고졸이라 케라!"

"엄마는?"

"나는 학교를 뎅기다 말았지만 한글과 한문을 아이꺼내 국졸이라꼬 쓰라."

삼 학년 이 학기 어느 날 수업시간에 장래 희망을 조사했다. 선생님이 직업을 말하면 학생들이 손을 들었다.

대통령에 손 든 애는 없었다. 무서웠던 모양이다.

좋은 직업들인 국회의원, 판사, 의사, 박사, 대학 교수, 간호사, 예술가 등에는 손들기 바빴다. 어떤 애들은 두 번 들기도 했다. 소년은 끝까지 손을 들지 않았다. 별다른 꿈이 없었으니까. 그래서 "손을 안 든 사람 손들어!"라는 말에 손을 들었다. 선생님은 "알았다. 그럼 니들은 공무원이데이"라고 말씀하시며 장래 희망 조사가 끝났다.

곧이어 진학 희망 대학 조사가 있었다.

계명대학교, 대구대학교, 경북대학교, 고려대학교, 연세대학교……등을 거쳐오는 동안 소년을 제외한 모든 애들이 손을 들었다. 서울대학교에서 소년은 슬며시 손을 들었다. 반 애들이 "에이! 에이!" 하며 비웃었다. 소년은 얼굴이 붉어졌다. 자신이 왜 손을 든 것인지 몰랐다. 그러나 손을 내리진 않았다.

"외삼촌은 과외 같은 거 한 번도 받은 적이 없지만 공부를 아주 잘했는기라. 그래가꼬 경북대학교에 입학 안했나. 그라꼬 졸업해서 과학기술원 채용시험에서 수석을 한기라. 과학기술원에서 지방대를 졸업한 학생이 수석했다꼬 시끌벅적했다 안카더나! 그런데 순교 니는 외삼촌보다 더 큰 사람이 될끼데이. 니는 태어날 때 보를 쓰고 나온 기라. 그래서 외할매가 니 입 쪽의 보를 뜯어가꼬 니가 숨을 쉴 수 있었던 기라.

와 옛날에 왕이나 유명한 사람들이 알에서 태어났다 안 카더나? 그 알이 계란 같은 진짜 알이 아이고 니가 쓰고 나온 보를 말하는 기라. 그래서 뭔지는 모르겠지만 니는 무조건 세상에서 유명한 사람이 될 끼다. 가마이 보면 니는 알라 때부터 어딘지 모르게 남들하고 마이 달랐데이. 형과 누나도 똑똑하지만, 니는 훨씬 더 특별하고 똑똑했데이!"

소년은 이 말을 어머니로부터 자주 들었다. 그러나 자신과는 별 상관이 없는 비현실적인 이야기로 생각했다.

그러나 삼 학년 일 학기 때 김명순 선생님이 보여준 그 작은 관심이 어머니가 소년에게 자주 했던 말에 생명을 불어넣으며 그의 손을 수줍게 살짝 들어 올렸던 것 같다.

그 이후에도 어머니는 소년이 고등학교를 졸업할 때까지 일 년에 두 번 정도는 그 말을 했다.

거짓말은 아니었을 것이다.

거짓말하면 천당에 못 가고 지옥 가니까!

십일조

　　원래 광명원은 앞을 못 보는 국가유공자의 가족들만 살도록 계획된 마을이었다. 그러나 시간이 지나며 약간의 변화가 일어난다. 마을 식구들이 간간이 떠난 자리에 다른 식구들이 이사 오는 것이었다.

・　이사 온 몇 식구들 중에 기태 가족이 있었다.

　　기태 아버지는 언뜻 보기에도 기태 엄마보다 나이가 훨씬 더 들어 보였다. 꼭 대머리여서 그렇다기보다는 피부의 주름살과 모습이 할아버지처럼 늙어 보였다.

　　그러나 한없이 착한 인상이었다. 기태 아버지의 모습을 보는 순간 "아! 저 사람은 사기당하여 모든 재산을 날리고 이 골짜기로 이사 왔구나"라고 느껴질 정도였다.

　　기태 엄마, 기태 누나, 기태, 기태 여동생 둘을 데리고 이사 올 당시, 기태의 집은 때거리*가 거의 없었다. 물론 돈도 한 푼도 없는 빈털터리 상

---

* 끼니를 때울 만한 먹을거리.

태였을 것이다.

소년의 아버지가 기태 아버지에게 삼십 원을 주며, 양말 몇 켤레라도 사서 팔고, 또 사고팔고라도 해보라고 하셨다. 그런데 별거 아닌 그것이 불씨가 되어 기태집의 사정이 조금씩 좋아졌다. 그리고 밥은 굶지 않을 정도가 되자 다른 일들도 함께 좋아져 그럭저럭 밥 먹는 정도는 되었다.

소년 또래의 친한 친구들의 어머니 이름은 대부분 모른다. 누구누구의 엄마로 불렀으니까.

동네 사람들은 교회를 다니는 기태 어머니를 송 집사님이라 불렀다. 그러나 소년은 기태 어머니의 이름이 '송정숙'이라는 것을 선명하게 기억한다.

기태집의 형편이 조금 나아지면서부터 기태 어머니는 십일조*를 내었다.

인상도 좋고 마음씨도 너무너무 착한 기태 어머니였지만 글은 잘 몰랐다. 처음 이사 올 때와 비교하면 너무나 축복스러운 지금의 삶에 대한 감사가 우러나는 마음으로, 기태 어머니는 하얀 봉투에 세로로 정성 들여 '십일조'라고 쓰고 그 옆에 송정숙이라고 썼다.

그 십일조 헌금 봉투는 결국 교회의 회계를 맡은 소년의 어머니에게 전달되었다. 여러 봉투를 정리하던 중 송 집사님의 십일조 봉투에서 돈

* 기독교인들이 한 달에 한 번씩 자신의 수익 중 십분의 일을 교회에 내는 헌금.

을 꺼내던 엄마는 웃음을 터뜨렸다.

송 집사님이 '십일조'를 쓸 때, 너무너무 정성이 들어간 나머지 십일조의 마지막 글자에 'ㅅ'받침을 붙이고 말았던 것이다.

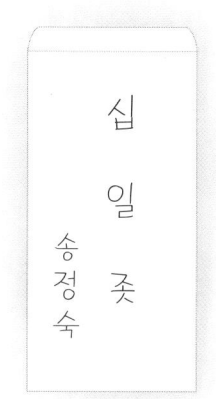

어느 큰 교회에서 열리는 부흥회에 참석했다. 교회 벽에 걸린 큰 그림 〈최후의 만찬〉을 본 송 집사님이 말씀하셨다.

"저기 정말 멋지네! 동대구역*인가베?!"

어린아이와 같아야 천국에 들어갈 수 있습니다(마태복음 18장 3절).

송 집사님은 아주 착하고 순수한 분이었고, 동네 사람들에게 가끔 피식 웃을 수 있는 소박한 웃음거리도 선사해주었다.

---

* 동대구역은 그 당시 대구에서 가장 규모가 크고 현대적인 건축물 중 하나였다.

삼 초 영웅

소년은 삼 학년까지 거의 아무런 숙제를 안 했지만, 그림그리기와 공작 그리고 노래 외우기 숙제만은 꼭 했다. 재미있었으니까.

사 학년이 되고 봄 학기가 시작되었다. 미술 숙제가 있었다. 포스터 그리기였다. 보통 포스터하면 반공방첩에 관한 것들('자수하여 광명 찾자' 등)과 불조심에 관한 것들('꺼진 불도 다시 보자' 등)이 대부분이었으나, 이번 과제는 신학기를 맞이하여 환경미화에 관한 포스터 그리기였다.

형에게 표어를 부탁했다. 형은 '숙제는 스스로 하는 것'이라며 거절했다. 하지만 반에서 일등하면 전교 대회에 나가게 되고, 거기서도 뽑히면 상도 탈 수 있다는 동생의 말에 형은 결국 표어를 말해 주었다.

"내 집 앞 내가 쓸자."

소년은 좋은 표어를 얻은 기쁨에 열심히 포스터를 그렸다. 도화지의 맨 위쪽에 두꺼운 고딕체로 '내 집 앞'을 쓰고, 중간에는 양팔에 삽과 빗자루를 들고 있는 사람을 그렸고, 아래쪽은 역시 두꺼운 고딕체로 '내가 쓸자'를 써넣었다. 그리고 눈에 잘 띄는 밝은 색깔로 정성스레 색칠

했다. 그런대로 멋있어 보였다. 학교에 가서 선생님께 자신 있게 포스터를 제출했다.

다음 날 포스터 심사결과 발표가 있었다. 안 될 게 뻔하다고 생각하면서도 혹시나 하는 마음으로 기다렸다.

"이순교가 제일 잘 그렸다."

선생님이 의외의 발표를 하시고 소년을 앞으로 나오라고 하셨다. 교단 위에 소년을 세운 선생님은 소년이 그린 포스터를 주시며 높이 들어 다른 학생들에게 보여주라고 하셨다. 지금까지 학교에서는 거의 존재감이 없었던 소년은 수줍어서 혀를 날름 내밀면서도 너무 좋아서 몸이 자꾸 꼬였다. 겨우 정신을 차리고 포스터를 높이 들며 행복에 빠지려는 순간, 반장인 김우영이 손을 번쩍 들며 말하였다.

"선생님, 글자가 틀렸습니다."

선생님께서는 포스터를 다시 보시더니 말씀하셨다.

"아! 그렇구나. 순교 들어가야 되겠구나."

아! '압'자가 틀렸던 것이다.

얼굴이 빨개진 소년은 얼른 포스터를 반으로 접고 자리로 돌아오려 했으나 불규칙하게 놓인 가방에 걸려 넘어지고 말았다. 애들이 그를

보고 웃어댔지만 머리를 울려대는 심장 뛰는 소리에 묻혀 큰 웃음소리
는 들리지 않았다. 일어나서 고개를 푹 숙이고 다시 자리로 돌아갔다.

잠시나마 깊은 잠에서 깨어났던 소년은 자기 자리로 돌아오는 한 걸음
한 걸음을 내디딜 때마다 다시 조금씩 잠 속으로 빠져들었다.

걸상에 철퍼덕 앉은 소년은 책상에 얼굴을 파묻었다.

책상과 걸상은 또다시 깊은 잠을 자는 소년의 방이 되어버렸다. 소
년은 꿈을 꾸었다.

쉬는 시간에 반장인 우영이가 교실에서 구슬치기 놀이를 하고 있었
다. 함께 하고 싶었지만 감히 같이 못 놀고, 옆에서 웃으며 구경만 하고
있었다. 우영이가 던진 구슬이 바닥에 떨어지며 튀어 올라 웃고 있던 소
년의 오른쪽 대문니를 때렸다. 상당히 아팠다.

"아악!"

급히 손으로 입을 가렸으나 이미 구슬에 맞아 부러진 이는 바닥에 툭
떨어진 후였다. 소년의 이가 부러진 것을 본 우영이가 말했다.

"야! 노는 데 방해하지 말고 옆으로 비켜라!"

"미안해."

소년은 자리로 돌아왔다. 대문니의 부러진 부분이 시리게 아파 한동
안 입을 벌리지 못하고 생활해야 했다.

지금도 삼사 년에 한 번씩 부러진 대문니를 때우러 치과에 다니고 있다.

선생님의 미소

포스터 사건 이후에도 결국은 이전과 다름없이 의미 없고 지루한 학교생활이 계속되었다. 그러던 어느 날 학교가 빨리 끝나기만을 기다리던 소년에게 불행이 닥쳤다.

선생님이 국어시간 받아쓰기 시험에서 성적이 너무나도 부족한 열 명 정도를 뽑아 청소를 시켰다. 청소 후에는 받아쓰기를 잘 못하는 지진아들에게 특별지도까지 했다. 특별지도 후 시험을 치르고 목적을 달성한 애들만 집으로 보내주었다.

소년은 당연히 지진아 그룹에 들어 있었다. 동네의 모든 사람들은 누나와 형처럼 소년이 아주 똑똑하고 공부를 잘하는 것으로 잘못 알고 있었다.

소년은 청소 당번도 아닌데 청소를 해야 되고 집에 빨리 가서 놀지도 못 해서 아주 죽을 맛이었다. 그러나 첫날 보충수업을 받으며 소년의 생각이 완전히 바뀌었다.

선생님은 소년과 같은 지진아들에게 굉장히 친근하고 따뜻하고 다 정하게 대해주셨다. 미남은 아니고, 머리카락도 좀 빠지고, 편한 이웃 집 아저씨 같은 선생님의 얼굴에는 미소가 떠나지 않았다. 소년은 '선생 님은 정말로 우리를 사랑하시고 소중한 한 인격체로 봐 주시는구나'라 는 것을 실감할 수 있었다. 그래서 부담 없이 선생님께 가까이 다가설 수 있었다. 선생님이 좋아지면서 선생님의 설명에 귀 기울인 결과 소년 은 이삼 일 만에 지진아 반을 벗어났다.

서충원 선생님은 친절한 미소와 함께 선생님의 책꽂이에 꽂혀 있는 몇 권의 책을 읽을 수 있는 용기를 소년에게 주었다. 점심시간에 점심을 빨리 먹고, 예전에 그리도 무섭고 높게만 느껴진 선생님의 책꽂이에 있 는 책을 읽는 기적이 소년에게 일어났다. 《전우치전》,《흥부전》,《강감 찬 장군》등의 책들을 읽으며 그동안의 깊은 잠에서 완전히 깨어났다. 학교 가는 것이 기다려졌다. 숙제도 했다. 시험 전에는 약간의 시험공부 도 했다. 학교 친구도 생겼다.

날씨가 좋은 어느 가을날, 친구 성철이와 함께 집으로 돌아오는 길 에 성철이가 제안했다.
"순교야, 우리 내일 시험공부 같이 하자."
"응."
소년과 성철이는 중화학교 옆 조그만 산 위의 양지바른 곳에 앉았 다. 삼 학년 운동회 때 어머니가 소년이 좋아하는 그 귀한 계란을 열 개나 싸줘 그 자리에서 아홉 개를 먹고 마지막 한 개마저 먹고 싶었으나 어머니를 위해 배부르다고 말했던 곳이었다.

성철이가 문제를 내었다.

"겨울에 삼 일 동안 춥다가 사 일 동안 따듯한 날이 되는 게 뭐게?"

답을 모르는 소년에게 성철이가 말했다.

"삼한사온이데이."

다음 날 시험에 정답이 '삼한사온'인 문제가 나와서 성철이와 마주 보고 웃으며 좋아했다.

성철이는 형이 둘이었으며 상당히 남자다웠다. 키도 크고 힘도 세서 감히 어느 누구도 성철이를 건드리지 못했다. 달리기도 제일 잘했다. 소년과 주위의 모든 애들이 그렇게 생각했다. 어느 날 체육시간에 오십 미터 달리기를 했다. 당연히 성철이의 기록이 제일 좋았다. 그러나 이변 이 일어났다. 여자인 장이뿐이 성철이보다 더 좋은 기록이 나왔던 것이 다. 성철이는 선생님께 항의했고 인자하신 선생님은 항의를 받아들여 성철이와 이뿐이가 함께 뛸 기회를 주었다. 아이들이 큰 관심을 가지고 출발 지점에서 준비를 하고 있는 두 사람을 보며 숨죽였다. 모든 아이 들은 당연히 성철이가 이긴다고 생각하고 있었다.

출발 신호 호루라기 소리가 울렸다. 잠시 후, 세상에 이런 일이! 이뿐 이가 성철이를 아주 많이 앞서서 결승점을 통과했다. 성철이는 힘들게 뛰었지만 이뿐이는 발이 땅에 닿지 않는 듯이 날고 있었다. 중간에 뛰기 를 포기하고 대결에서 참패한 성철이가 쑥스럽게 머리를 긁었다.

사 학년 이 학기부터 학교생활은 재미있었다.

대자연을 놀이터로 뛰어노는 것 외에도 재미있는 것이 있다.

책을 읽는 것도 재미있다.

몰랐던 사실들을 알아가는 것도 재미있다.

시험을 잘 쳐서 남들에게 인정받는 것도 재미있다.

이 모든 사실을 느끼게 해준 것은 조용하고 따스한 서충원 선생님의 미소였다.

흑기사의 눈물

초등학교 오 학년이 되어 소년이 처음 맞은 짝은 구경희였다. 단발머리의 경희는 수수하면서도 예쁘고 상냥했다. 경희는 공부도 못하지 않았다. 경희를 짝으로 둔 소년은 복이 많았다.

학기 초에 전학 온 김혜리는 키가 조그맣고 피부는 하얗고 입술은 빨간, 조용한 봄날 따스한 햇살을 받으며 졸고 있는 푸들 같은 모습이 아주 매력적이었다. 그러나 너무 고고해서 소년과는 다른 세상에 사는 사람같이 느껴져 큰 거리감이 있었다.

보통 일주일에 한 번씩 분단은 바뀌지만 짝은 거의 바뀌지 않는다. 한 달 이상 경희와 짝이었던 소년은 행복했다. 그러나 문제가 생겼다.

담임선생님이 앞으로는 시험 결과 성적순으로 좌석을 배치한다고 한 것이다.

맨 중앙 삼 분단의 왼쪽 자리부터 일등, 오른쪽은 이 등, 그 뒤는 삼사 등……. 일 분단과 오 분단의 맨 끝은 꼴등이었다.

삼 분단에 들려면 최소 십이 등은 해야 했다. 사 학년 때 서충원 선생님의 미소로 공부하는 재미에 탄력을 받은 소년은 십이 등 안에 드는 것이 아무런 문제가 되지 않았다. 경희는 보통 육 등에서 십 등 사이의 성적을 받았다. 그래서 그의 목표는 육 등에서 십 등 사이에 드는 것이었다. 경희와 등수 차이가 아주 많이 날 때는 어쩔 수 없었지만 소년은 거의 경희의 짝 아니면 경희의 앞뒤에 있었다. 그리고 경희의 짝인 아이와 짝을 바꾸기도 했다. 어떤 때는 소년의 등수가 삼 등이어서 앞자리에 앉아 있을 때도, 쉬는 시간이면 가끔 뒤쪽의 경희 자리에 놀러가서 이런저런 이야기를 하곤 했다.

경희와 짝이 아니었을 때 기억에 남는 짝은 정성진이다. 음악 시험에서 늘임표 혹은 페르마타인 답을 '눈까리표'로 적었던 친구이다. 아버지는 교장선생님이었고, 누나가 스위스에서 간호사로 일하며 보내준 선물을 친구들에게 자랑하는 것을 즐겼다. 소년의 집에 너무 놀러오고 싶어한 성진이는 그의 집에 놀러온 첫 인물이었다. 물론 신발도 벗기 전에 "순교야, 우리 집에 가서 놀자"라고 말했지만!

소년이 칠 등 자리 즉 앞에서 네 번째 왼쪽, 경희가 소년의 오른쪽인 팔 등 자리였던 어느 날, 뒷자리에 앉은 김제원과 소년 사이에 말다툼이 일어났다. 소년은 말다툼만 하려 했으나 태권도를 배운 제원이가 먼저 주먹으로 공격하였다. 선제공격을 받고 초토화된 소년은 울음을 터뜨리고 말았다. 쉬는 시간 중 워낙 순식간에 일어난 일이어서 선생님도 몰랐다. 눈물을 그치려 애쓰며 훌쩍이고 있는 소년에게 경희가 무릎을 살며시 톡톡 치며 말했다.

"순교야 울지마! 제원이가 잘못한 기다. 나는 니 편이다."

며칠 후 수업시간이었다.

선생님은 학생들을 바라보며 무엇인가 열심히 설명하고 있었다. 그러던 선생님의 시선이 소년의 오른쪽에 앉아 있는 경희에게로 향했다.

덩달아 소년도 경희를 보았다.

경희가 선생님의 설명을 듣지 않고 오른쪽 벽에 붙어 있는 그림을 쳐다보고 있는 것이 아닌가!

소년은 다시 선생님의 얼굴을 바라보았는데, 그때 선생님은 곧 "구경희, 이리 나와"라고 말할 것 같은 표정이었다.

소년은 급히 자리에서 벌떡 일어났다. 그리고 경희가 보고 있던 그림들이 붙어 있던 벽과 정반대에 있는 유리창에 서서 목을 길게 뽑아 운동장을 보는 척했다.

순간적인 작전은 대성공이었다. 구경희를 불러내려던 선생님은 "이순교, 이리 나와!"라고 말했다.

소년은 뭔가 뿌듯함을 느끼며 앞으로 자신 있게 나갔다.

선생님은 몽둥이로 소년의 머리를 세게 때렸다. 너무나 예상 밖의 일이었다.

소년은 항상 삼 분단에 있을 정도로 공부도 제법 잘하고, 성품도 착하고, 평소 때 수업도 열심히 들었다. 또 선생님이 신뢰하는 학생에게 시키는, 선생님 댁의 사모님께 물건을 전달하는 심부름도 하지 않는가!

소년은 머리에 이렇게 심한 충격이 올 줄은 상상하지 못했다.

그러나 그리 아프지는 않았다. 삼 학년 때까지 숙제를 안 하고 맞는 것으로 때웠던 소년이 아닌가! 그때의 아픔에 비하면 아무것도 아니었다.

소년은 이렇게 한 대 맞는 것으로 상황이 끝날 것이라 예상했다. 그러나 경희와 소년의 행동이 상승작용을 일으킨 것 같았다.

"저기 가서 꿇어앉아 손 들고 있어!"

선생님은 화난 목소리로 말했다.

소년은 교탁과 선생님의 책상 사이로 가서 벽에 딱 붙어 꿇어앉아 손을 들었다.

예상외의 결과에 당황한 소년은 시간이 약간 지나고 머리를 만져 보았다. 몽둥이로 맞은 자리에 큰 혹이 불룩 솟아 있었다.

큰 혹을 만지는 순간 갑자기 말 못할 서러움이 밀려오기 시작했다.

아! 이런 결과를 예상한 것은 아닌데!

손바닥으로 살짝 한 대 때리는 정도면 충분한데!

아니면 꿇어앉는 정도면 충분한데!

그것도 모자란다면 꿇어앉아서 손을 드는 것 정도까지는 괜찮은데!

역시 우리 집은 가난해!

우리 아버지는 봉사야!

부자인 제원이가 불려 나왔어도 이렇게 손을 들었을까?

교장선생님의 아들 성진이가 불려 나왔어도 머리에 혹이 나게 맞았을까!

부자는 아니지만 나는 착실하고 착하지 않은가?

소년의 눈에서 눈물이 흐르기 시작했다.

눈물은 감정을 자극했고, 자극된 감정은 눈물의 양을 몇 배 늘렸다.

분필가루가 뽀얗게 깔린 바닥에 소년의 눈물로 그려진 하나의 큰 슬픈 추상화가 완성되었다.

폭포수처럼 흘러내리는 눈물을 보신 선생님이 말했다.

"이순교, 들어가!"

어린 마음에 "나는 니 때문에 일부러 대신 벌 받으러 나간 거데이! 알겠나?"라고 경희에게 말하고 싶었던 소년은 끝내 그 말을 하지 못했다. 소년이 울지 않았어야 그 말을 경희에게 웃으며 할 수 있었다. 실컷 울어버린 흑기사가 무슨 할 말이 있겠는가. 창피할 뿐이지.

문제의 그 수업시간이 끝나고 쉬는 시간에 경희가 말했다.

"야, 니는 수업시간에 밖을 보면 우짜노!"

남의 속도 모르고 참!

경희도 단순한 여자였던가 보다.

이러한 경험이 이재원 선생님을 향한 소년의 존경심을 꺾지는 못했다.

이재원 선생님은 부자나 가난한 학생을 구분하지 않는 원칙주의자였다.

정말 모든 학생들에게 공평했다.

몸은 조금의 군살도 없이 빼빼 말랐고, 입은 항상 꽉 다물린 채 보기 싫지 않게 살짝 틀어져 있었다. 인상은 누가 봐도 공무원 느낌이 물씬 풍겼다. 선생님은 교육자가 천직이라고 믿고 사는 분이었다.

소년이 경희 대신 선생님께 맞은 한 대도, 잘못한 것에 대해 그 만큼의 벌을 주고자 하는 선생님의 원칙에 어긋나지 않는 사랑의 매라고 확신한다. 바보가 아닌 이상 일 년 정도 같이 생활하면 보이는 것이 있다.

이재원 선생님의 향기, 소리, 모습을 한마디로 말한다면 '원칙' 이다.

오 학년 이 학기가 끝나는 날 선생님이 소년을 앞으로 불러냈다. 선생님은 "이순교가 오 학년 일 년 동안 치른 시험 결과, 자연 과목에서 전교 일등 했다"라고 말씀하셨다.

"박수!"

이재원 선생님은 손으로 소년의 왼팔을 높이 들어 올려주셨다.

수줍게 손을 들며 소년의 눈은 경희에게로 향했다. 경희는 열심히 박수를 쳐주었다.

소년은 기뻐하며 속으로 생각했다.

'육 학년 때에도 경희가 같은 반이 되면 좋겠는데!'

칸닝구를 하지 맙시다!

육 학년이 되었다.

아쉽게도 구경희는 다른 반이 되어버렸고, 구경희와 짝을 하기 위해 성적을 조정할 필요가 없어졌다. 오 학년 때 자연 과목 전교 일등을 한 경험이 있는 소년은 육 학년이 되자 공부를 잘해서 인정받고 싶은 마음이 강해졌다. 그리고 열심히 공부했다. 공부한 만큼 시험 점수도 오 학년 때보다 더 높아졌다. 그런데 이상했다. 공부도 더 열심히 했고 점수도 더 높아졌지만 등수는 한참 더 떨어졌다.

시간이 흘러 그 이유를 알게 되었다. 대다수의 같은 반 아이들이 담임 선생님의 집에서 과외를 받았던 것이다. 과외를 받는 것은 그리 문제되지 않는다. 다음 날 칠 시험지를 과외를 받으며 미리 풀어보는 것이 문제였다. 그래도 답을 못 외우는 애들은 답을 적은 종이를 보며 시험을 쳤다.

자신의 아들이 지금 육군사관학교를 다닌다며, 일주일에 한 번 이상은 꼭 자식 자랑을 한 선생님은 왜 애들의 컨닝을 못 본 척할까?!

어느 학교나 그렇듯이 한 반에 꼭 몇 명씩 스타가 있기 마련이다.

소년의 반에서는 아버지가 어느 회사의 중역인 반장인 이창원이 귀엽고 잘생겼다. 보통 사람은 흙으로부터 태어났지만 창원이는 우유로부터 태어난 것처럼 하얀 피부를 가졌다. 초등학교 입학 전부터 공부를 잘하기 위한 준비를 했을 것이다.

아버지가 대학교수인 부반장 유수애도 아주 예쁘고 키가 컸고, 그 당시에 피아노와 발레를 배울 정도였다.

소년의 반은 아니었지만 아버지가 대학교수였던 박혜숙은 미술과 음악을 제외한 교내 외의 거의 모든 경연대회에서 입상해 매월 한 번 있는 월요일 운동장 조회에서 상을 받기 바빴다.

아버지가 초등학교 교장선생님인 키가 자그마한 신익승은 공부도 잘했을 뿐더러 그림도 매우 잘 그렸다. 콧구멍이 세모라고 놀리는 애가 있으면 손으로 코를 막고 말다툼을 하기도 했다.

소년이 아무리 공부를 열심히 했다 하더라도 이미 예전부터 좋은 환경 속에서 준비된 아이들보다 공부를 잘하기는 쉽지 않았을 것이다. 그렇다고 일 학기 내내 십사 등과 이십 등 사이를 왔다갔다 할 정도는 아니었던 것이다.

이 학기가 되어서도 선생님과 반 아이들의 과외는 계속되었다.

소년은 점점 더 화가 났다.

언젠가 한 번은 과외 받는 친구로부터 답지를 받아 시험을 치고 가볍게 백 점을 받았다. 그러나 그 친구가 항상 답지를 주는 것은 아니었다.

어느 월요일 일 교시 학급회의 시간이었다. 이런저런 과정이 지나가고 금주의 주훈을 정하는 시간이 되었다.

소년은 기다렸다는 듯이 손을 높이 쳐들고 힘차게 일어났다.

"칸닝구를 하지 맙시다."

"그건 주훈에 안 맞아."

약간 상기된 얼굴로 말하는 선생님의 목소리가 가볍게 떨렸다.

'인사를 잘 합시다', '손발을 깨끗하게' 등 다른 일상적인 내용으로 금주의 주훈이 결정되는 동안 선생님은 조용히 소년에게로 오셨다.

"이놈의 자식, 어떻게 그런 것이 주훈이 될 수 있어!"

작은 목소리로 속삭였지만 강력한 억양은 소년을 위협하기에 충분하였다.

집에 가서 소년은 고등학교 삼 학년인 큰누나에게 물었다.

"누부*야, '칸닝구를 하지 맙시다'는 금주의 주훈이 안 되는기가?"

"주훈이 될 수 있다."

'봐라! 칸닝구를 하지 말자'라는 것이 금주의 주훈이 된다카이꺼네.'

소년은 주훈이 될 수도 있는 말을 했으니 문제없다고 생각했다.

그러나 그 학급회의 사건 이후 소년의 고통은 시작되었다.

선생님은 소년에게 시련을 주기 시작했다. 선생님의 눈초리는 회초리

* '누나'의 방언.

보다 더 무서웠다. 선생님의 강압적인 목소리도 무서워서 세상의 모든 소리가 안 들리게 귀를 막고 싶었다.

국가유공자 자녀인 소년은 중학교에 진학하기 위하여 다른 학생들보다 한두 가지 서류가 더 필요했던 것은 사실이었다.

선생님은 서류가 필요한 하루 전에 말하지 않고, 당일 수업 중인 소년에게 서류를 가져오라며 집으로 보냈다.

"선생님, 어제 말씀 안 하셨심더."

"야 이놈아, 내가 어제 분명히 말했다. 말도 안 되는 소리 하지 말고 퍼뜩 집에 못 갔다 오겠나!"

전날 말하지 않은 것이 확실한데도 선생님은 말했다며 소년을 윽박질렀다. 서류가 정말 꼭 그날 필요한 것도 아니었다. 소년 외의 다른 국가유공자 자녀들도 그날 혹은 전날에 서류 제출이 있었겠지만, 광명원 친구들은 어느 누구도 그런 서류를 낸 적이 없었다.

소년은 친구에게 물었다.

"니도 중학교 간다꼬, 담임선생님이 이런저런 서류를 가져오라꼬 카더나?"

"아이다, 나는 따로 서류를 안 냈는데……? 너거 반은 이상타!"

그나저나 하늘같은 선생님이 시킨다면 당연히 말을 따라야만 했다.

교실 문을 열고 나가서 문을 닫는 순간 교실 안의 축복 받은 보통 아이들과 교실 밖의 특별히 홀로 외로운 아이로 나뉜다.

수업 중인 조용한 복도를 나와 신을 신는다. 보통 아이들과 좀 더 멀어졌다.

오 학년 때 이재원 선생님과 공부하던 교실이 있는 건물을 끼고 돌아가며 생각한다.

'아! 이재원 선생님은 공평하셨는데!'

학교 후문을 나와서 다리를 건너고 오른쪽에 개울을 끼고 있는 길을 따라 힘껏 달려간다. 중화학교의 정문을 지난다.

하문이집을 지난다. 하문이는 누나의 집에 살고 있었는데 누나의 집에 냉장고가 있어 포도를 얼려 먹는다는 자랑을 하곤 했다. 소년은 '집에 냉장고는 없더라도 수업시간에 집에 가는 일만 없었으면 좋겠다'고 생각했다.

차가 다니는 도로가 나오면 다시 다리를 건넌다. 백 미터 정도 가다 보면 학교 수업이 끝나고 소년의 반 애들이 우르르 과외를 받으러 몰려가는 선생님의 집이 있다. 왠지 숨이 막혀 온다. 고개를 오른쪽으로 돌려 왼쪽에 있는 선생님 집을 보지 않고 빨리 그 앞을 지나간다.

현대목욕탕을 지나 왼쪽으로 좀 더 가면 봉덕교회 맞은편에 소년의 집이 있었다. 골목길로 가면 조금 더 빨리 도착할 수 있으나, 그날은 왠지 좁은 골목길로 가기 싫었다. 눈물이 날 수도 있으니까.

서류를 손에 쥐고 학교로 돌아갈 때는 아무 생각 없이 빨리빨리 달려갔다. 조금이라도 빨리 보통 아이로 돌아가고 싶었기 때문이다.

그러나 집에서 어머니에게 서류를 받아 가져오면(서류가 집에 있으면 다행이지만 아니면 동사무소에 가서 서류를 뗄 동안 소년은 수업도 못하고 어머니를 기다려야 했다) 선생님은 또 서류가 빠졌다며 다시 소년을 집으로 돌려보냈다. 더군다나 그것이 다가 아니었다. 며칠 후 그런 비슷한 일이 다시 한 번 반복되었다.

처음에 집에 왔다가 갈 때는 가능한 한 빨리 뛰어다녔다.

학교와 집을 왕복하는 일이 몇 번 더 반복되면서 뜀박질은 체념을 수용한 걸음이 되었다.

마지막으로 학교에서 집으로 갈 때는 어깨가 축 늘어진 채 고개를 푹 숙이고 많이 아픈 사람처럼 천천히 걸었다.

소년의 순진한 의지력이 산산이 부서져 녹으면서 만들어진 진한 눈물이 앞을 가려 땅이 어른거렸다.

조용히 흐르는 눈물을 집게손가락으로 톡톡 쳐내었다.

조금 후 소매가 젖기 시작했다.

집에 도착해서 어머니를 보는 순간 옷소매로는 더 이상 감당할 수 없는 폭포 같은 눈물이 쏟아져 내렸다.

참다못한 어머니가 학교에 찾아가 선생님께 말씀드렸다.

"혹시 순교에게 야단치셨습니꺼? 순교가 뭐 크게 잘못한 것이 있습니꺼?"

"아닙니다. 큰소리 친 적 없습니다."

"그런데 순교가 왜 그리 서럽게 우는지 모르겠네예?"

"글쎄요."

"그런데 순교 누나와 형도 다 중학교 다녔는데, 그때는 이런 서류들이 필요 없었던 거 같은데예?"

"……"

어머니가 학교에 찾아온 이후 소년은 더 이상 수업시간에 집에 서류를 가지러 가는 일은 없었다. 선생님은 무서운 눈초리와 목소리를 더 이상 소년에게 보낼 필요는 없었다.

이미 소년의 여린 심장은 갈기갈기 찢긴 누더기가 되어 있었으니까.

아버지는 6·25전쟁 중 북한군에게 포로로 잡혀가다가 탈출해서 하수구에 십 일 이상 숨어 있었다. 탈출에 성공한 아버지는 '내가 아니면 누가 나라를 지키겠나'라며 다시 자진 입대했다.

보통 때 소년은 그 사실이 자랑스러웠다.

그러나 아들이 육군사관학교에 다니는 선생님 덕분에 '우리 아버지가 참 어리석으시구나'라고 생각하게 되었다.

봉덕초등학교의 마지막 학년 이 학기 말 소년은 또다시 깊은 잠 속으로 빠져들었다.

혹시 '금주의 주훈'을 결정하던 그 학급회의 시간에 이렇게 말했더라면 선생님이 화를 안 냈을까?

"칸닝구를 합시다!"

소년이 죽는 날까지 잊지 못할 이름 몇 개가 있다.

봉덕초등학교 삼 학년 때 김명순, 사 학년 때 서충원, 오 학년 때 이재원 선생님.

모두 감사한 분들이다.

행복

오 학년 때 소년은 주산학원을 한 번도 다녀 본 적이 없었지만 주산 시험 성적이 좋았다. 그래서 주산 성적이 나쁜 애들을 지도하는 선생으로 임명될 정도였다.

학기가 끝날 때 자연 과목이 전교 일등이어서 반 아이들 앞에서 박수도 받았다.

공부 욕심이 붙은 소년은 육 학년 때부터 정말 더 열심히 노력하였다.

그러나 육 학년 담임선생님은 컨닝 사건으로 소년의 모든 꿈과 희망을 눈물 속에 녹여 흘려버리게 했다.

어린 소년에게 큰 선물을 한 선생님!

이런저런 것 신경 쓰지 말아라.

돈도 없는 니들이 뭐 한다고 해봐야 뭐를 할 것이냐?

니들이 아무리 노력해봐도 육군사관학교를 갈 수 있을 것 같으냐?!

똥폼 잡지 말고 그냥 놀기나 해라.

그러면 니 놈들은 행복할 것이다.

큰 사건은 주위의 작은 사건을 덮어버린다. 소년은 '눈물' 외에는 육학년의 시간을 전혀 기억하지 못한다. 초등학교 입학식의 몇 장면은 떠오른다. 코가 흐르면 들이마시거나 혀로 빨면 되는데 왜 콧물 닦는 수건들을 달고 왔을까? 입학이 싫은데 다른 아이들은 왜 저렇게들 즐거워할까? 이런 생각들을 했었던 게 기억난다. 그러나 초등학교 졸업식은 전혀 기억나지 않는다. 졸업식에 참석이나 했었는지?

선생님은 소년에게 꿈과 희망을 버리게 했고 그 대신 자유를 선물했다.
멍한 상태로 초등학교를 졸업한 소년은 길고 긴 겨울방학의 자유를 즐겼다.
많은 학생들은 과외를 받거나 학원을 다니면서 영어와 수학공부 등 중학교 입학을 준비했을 것이다. 그러나 그런 것들은 이미 꿈과 희망을 잃어버린 소년에게 전혀 상관없는 일이었다.

사 학년이 끝나갈 무렵에 봉덕제일교회 근처로 이사를 했던 소년은 눈만 뜨면 같은 또래 친구인 상봉이, 영욱이, 국현이, 현구와 그 졸개들이 있는 광명원으로 갔다. 자유로운 마음에 아버지께 "아부지 오늘 광명원에 안 가실랍니꺼?"라는 아량의 말까지 할 정도였다.

추수가 끝난 논영감의 논에서 십자가생*, 사다리가생**, 이병***을 했고, 영광이집 벽에서 말타기도 했고, 같은 교회에 다니던 형 또래의 학배가 스케이트 타다가 익사한 수성연못에 가서 스케이트도 탔고, 영욱이집 방에 틀어박혀서 거금 일 원이 왔다갔다 하는 화투 노름까지 하였다.

욕심을 버린 자유 속에서 소년은 무한한 행복을 맛보았다.

책 속에도, 하나하나 무엇인가 알아가는 깨달음 속에도, 남들에게 인정받는 것 속에도, 목표를 달성하는 것 속에도 큰 기쁨이 있다는 사실은 완전히 다른 나라의 일이 되어버렸다.

대륜중학교에 입학하기 전 예비소집에서 배치고사를 치렀다.

일 교시는 국어 시험이었다. 아주 쉬웠다.

이 교시는 산수 시험이었다. 이게 문제냐고 할 정도로 쉬웠다. 소년은 십 분도 되지 않아서 문제를 풀고 답을 적었다. 그리고 엎드려 잤다. 오십 분이 지난 후 종이 울렸다. 뒤에서 답지를 거두었다. 소년은 자신만만하게 답지를 제출했다. 시험이 끝나고 집에 오려고 시험지를 들어서 접으려는 순간 "아!" 한숨을 내뱉었다. 시험지의 뒷면에도 이십일 번

---

* 바닥에 사각형 다섯 개를 십자가 모양으로 그려 놓고 술래를 정한다. 가운데 사각형에 술래를 세워 놓고 술래가 서 있는 곳을 제외한 네 군데의 사각형을 술래에게 잡히지 않고 차례차례 밟아 서로 약속한 바퀴 수를 돌면 이기는 게임. 술래는 사각형 밖으로 한 발짝만 뛸 수 있고 나머지 사람들은 세 발짝만 뛸 수 있다.
** 바닥에 사다리 모양을 그려 놓고 하는 게임. 중간 칸에는 술래가 서 있다. 첫 번째 칸에서 시작해 술래에게 잡히지 않고 마지막 칸까지 도착하면 이기는 게임.
*** 술래를 정한 뒤 술래가 숫자를 세는 동안 나머지 사람들은 흩어져 도망간다. 일정한 시간이 흐른 뒤 술래가 흩어진 사람들을 찾아 붙잡는다. 술래와 조금이라도 접촉한 사람은 지정된 곳에 묶여 있는데, 이때 아직 술래에게 잡히지 않은 사람이 몰래 다가와 손을 대면 풀려난다.

부터 삼십삼 번까지의 문제가 더 있었던 것이었다.

중학교에 입학했다.

다행히 소년은 보통반에 배치되었다. 일 반과 이 반은 공부를 잘하는 학생들이 배치되었고 특설반으로 불렸다. 구 반은 공부를 못하는 학생들이 배치되었고 지진아반으로 불렸다. 배치고사에서 산수 문제를 다 풀지 않은 상태로도 반에서 시험 등수는 이 등이었다. 만약 산수 문제를 다 풀었다면 소년은 특설반에 배치되었을 것이고, 그러면 주위 학생들과 성적 경쟁하느라 자유를 잃어버릴 수도 있었을 것이다.

일 학기 중간고사를 쳤다. 성적표를 엄마에게 주었다. 반에서 삼 등이었다. 별로 잘하지 않았다고 생각하는 소년과는 다르게 어머니는 펄쩍 뛰며 좋아했다. 그 아래에 보면 전교 등수도 있었는데 오백오십 명 중 백 등 정도였다. 어머니는 소년에게 용기를 주려고 반에서 삼 등을 강조하며 좋아해주었다. 소년은 '이 정도면 엄마가 좋아하는 등수구나'라고 생각하며 행복한 중학교 생활을 시작했다.

소년은 가끔 궁금해질 때가 있다.

사람이 운명을 만드는 것인지?

운명이 사람을 만드는 것인지?

찬송가 경연대회

부활절이 되면 교회에서 아이들에게 삶은 계란에 예쁜 그림을 그려서 나누어 주었다. 저녁 예배 시간에는 가족찬송가 경연대회도 열렸다. 어머니는 노래를 잘하셨지만 아쉽게도 아버지는 음치였다. 소년이 음악적으로 아버지를 닮지 않은 것은 천만다행한 일이었다!

보통 음치들은 자신이 음치라는 사실을 잘 알지 못한다. 그리고 음치들은 노래를 상당히 열심히 한다. 자신이 음치라는 사실을 알기 전까지는 말이다.

아버지도 가족찬송가 경연대회에서 항상 열창을 했다. 몇 해 동안 소년의 가족이 찬송을 할 때는 항상 웃음소리가 들렸고, 그것이 바로 아버지 자신 때문이라는 것을 알아차린 것은 한참 후였다.

아버지가 어머니에게 물었다.

"여보, 우리가 노래할 때 다른 사람들이 와 그렇게 웃어샀노?"

"아, 당신 노래 듣고 안 웃는교! 당신이 음치여서 음이 우리하고 하나도 안 맞는 기라!"

"그카먼 내한테 진작 말하지 그랬나?"

"음치는 안 고쳐진다 캅디더. 그라고 사람들이 당신 노래 듣는 게 제일 재미있다 캅디더!"

그날 이후로 아버지는 밤을 새우면서 맹연습에 돌입했다. 딱 한 곡을 선정하여 끊임없이 연습하는 방법을 선택한 것이다. 제목은 〈죄짐 맡은 우리 구주〉였다. 일 년을 노력하신 결과 다음 해 가족찬송가 경연대회는 아버지에게 행복하고 뿌듯한 시간이 되었다. 그러나 경연대회의 재미는 좀 줄어들었다. 왜냐하면 음치가 노래하는 것만큼 재미있는 구경거리도 드물기 때문이다.

찬송가 맹연습을 하던 어느 날 아침 아버지는 어머니에게 말했다.

"여보 아무리 노래를 해도 끝이 안 나더라. 우예된 것이가?"

"한 번 해보소."

"죄짐 맡은 우리 구주 어찌 좋은 친군지
걱정 근심 무거운 짐 우리 주께 맡기세
죄짐 맡은 우리 구주 어찌 좋은 친군지
걱정 근심 무거운 짐 우리 주께 맡기세
죄짐 맡은 우리 구주 어찌 좋은 친군지
걱정 근심 무거운 짐 우리 주께 맡기세……"

끝없이 반복되는 노래를 듣던 어머니가 말했다.

"그기 아이제. '우리 주께 맡기세' 다음에 '주께 고함 없는 고로 복을 얻지 못하네, 사람들이 어찌하여 아뢸 줄을 모를까' 아인교!"

어머니와 소년의 형제들은 한참 웃었다. 그 찬송가의 형식은 a, a', b,

a'이었는데 b를 못 찾으면 어느 누구도 노래를 끝낼 수 없다. 전날 아버지는 밤새 곡의 끝을 찾아 헤매었다. 다음 날 아버지는 너무나 행복해하며 그 찬송가를 수백 번 불렀다.

다음 해 찬송가 경연대회에서 잘하진 못했지만 아버지는 음정과 박자를 준수하게 처리했다. 경연대회가 끝난 후 많은 사람들이 아버지에게 인사를 했다.

"아이고, 이 집사님 찬송 실력이 정말로 많이 느셨네예!"

아버지는 대답했다.

"어? 뭐라 카십니꺼? 나는 원래 잘했는데?"

지금 말로 하면 아버지는 썰렁한 유머를 잘했고, 소년은 아버지로부터 그 썰렁한 유머를 물려받은 것 같다. 그리고 하나의 목표를 정하면 끝까지 목표를 향해 나아가는 아버지의 모습도 그의 삶에 큰 영향을 주었다.

베토벤은 이런 말을 했다.

"나의 음악은 어떠한 문학이나 철학보다 높은 계시이다. 나의 음악을 이해하면 어떤 불행으로부터도 벗어날 수 있다."

베토벤이 얼마나 큰 갈등과 고통, 절망을 맞닥뜨렸으며 그것을 어떻게 인내했고 극복했는지를 생각하게끔 하는 말이다.

그러나 아버지에게는 〈죄짐 맡은 우리 구주〉라는 찬송가가 그 어떠한 문학이나 철학보다 높은 계시였지 않았을까?

핫도그와 라면땅

대륜중학교 가는 길이다.

집을 나서 오른쪽으로 간다. 현대극장과 현대목욕탕 사이 골목으로 들어간다. 골목길을 이리저리 헤치고 나가면 방천 뚝방길이 나온다. 뚝방길에 올라서면 오른쪽은 방천이 흐르고 있고, 왼쪽은 뚝방길보다 낮은 집들이 있다. 그 길을 따라가다 보면 길과 대문이 맞닿아 있으며 마당에 아주 큰 라일락 꽃나무가 있고 담장에는 장미 덩쿨이 있고 또 많은 꽃이 피는 정원이 있는 집이 있다. 그 집에 같은 반 친구 김영만이 살았다.

좀 더 가면 유리에 붉은 페인트로 〈왕대포 안주일절〉이라고 쓰인 주점이 있었다. 학교에 등교하는 이른 시간에 보면 그곳은 적막감이 감돌았다. 그러나 학교에서 저녁 늦게까지 축구를 하거나, 가끔 도서관에서 시험공부하느라 늦게 하교할 때 보면 왕대포집은 항상 아저씨들로 꽉 차 있었고, 가끔 여자의 콧소리가 섞인 웃음소리가 들렸다. 그 앞을 지나며 생각했다.

'불쌍한 사람들! 저 사람들은 왜 저 악마의 소굴에 빠져 있는가!'

그러나 그때는 미처 몰랐다. 오히려 소년의 마음속 작은 악마도 아주 큰 악마로 자라고 있었다는 것을.

왕대포집을 지나 조금만 가면 방천을 건널 수 있는 돌다리가 나온다. 그 돌다리는 보통 때는 별 문제가 없으나 비가 좀 많이 오면 항상 망가졌다. 그런 날이면 양말을 벗어 넣은 신을 한 손에, 가방을 다른 한 손에 들고 방천을 건넜다. 초봄이나 늦가을에 신을 벗고 방천을 건널 때는 발이 떨어져 나가는 듯이 시렸다. 물론 방천교나 수성교를 건널 수도 있었지만 아침에 달콤한 이십 분의 잠을 더 얻기 위해서는 어쩔 수 없었다.

보통 학생들의 책과 노트에는 단무지의 노란 물이 들기도 했다. 김칫국의 붉은 물이 들기도 했다. 심하면 만년필에 넣는 잉크가 쏟아져 잉크색이 되기도 했다.

그러나 방천을 건너던 학생들은 물을 건너다 넘어져 책이 온통 물에 젖기도 했다. 물에 젖은 책은 한 가지 좋은 점이 있었다. 만년필을 많이 사용하던 그 시절 교과서에 만년필로 필기를 하면 빨리 번졌다. 그러나 한 번 물에 빠졌다가 마른 책은 만년필로 필기를 해도 번지지 않았다.

돌다리는 집과 학교의 중간 지점이며, 돌다리를 건너 차가 다니는 뚝방길로 올라가서 쭉 가면 대구에서 제일 넓은 운동장을 가지고 있는 대륜중·고등학교가 있다.

일 학년의 학교생활은 즐겁고 행복했다. 수학시간 한 고비만 잘 넘기면 아무런 문제가 없었다. 수학 담당의 박철소 선생님은 키가 상당히 작았다. 점심시간에 보통 선생님들은 교직원 식당에서 식사를 했으나 박철소 선생님은 학생 식당의 매점 안쪽에서 빵을 먹는 경우가 많았다. 쌀이 귀한 시절, 나라에서는 혼식과 분식을 장려했다. 분식을 하면 키가 큰다는 것은 그 시절의 상식이었다.

박철소 선생님은 설명이 거의 없는 수업을 했다. 주로 예습해 오라는 숙제를 주었다. 그리고 수업 시작과 동시에 학생에게 문제풀이를 시킨다. 칠판 앞에 선 학생들이 조금이라도 주저하면 교실 뒤로 불려간다. "엎드려뻗쳐!"라는 명령과 함께 오른손에 들고 있던 방망이로 학생의 머리통을 갈긴다.

빡빡 깎은 학생의 머리통과 몽둥이의 충돌은 '통~', '탕~', '퉁~' 하는 맑은 소리를 만들어 낸다. 몽둥이의 속도에 따라 그리고 맞는 애의 머리통 크기와 단단한 정도에 따라 '통~', '탕~', '퉁~' 소리의 높이도 조금씩 달랐다. 맞는 애들의 고통과 상관없이 여러 가지의 '통~', '탕~', '퉁~' 소리를 듣는 재미도 쏠쏠했다. 문제를 푸는 학생이 있을 때까지 기합은 계속된다. 또다시 같은 문제를 풀 기회가 주어지지만 못 풀면 또 머리를 맞고, 또 엎드리고 하다 보면 한 시간이 지난다. 수십 차례 이상의 '통~', '탕~', '퉁~' 소리가 울려 퍼진 후 공포의 수학시간은 끝난 것이다.

다행히 초등학교 때 산수를 잘했던 소년은 많이 맞지는 않았다. 그러나 어쩌다 한두 대 맞아도 초등학교 오 학년 때 경희를 보호하느라 머리와 마음을 동시에 맞은 통증에 비하면 휘파람을 불며 맞을 수 있는 정도였다.

공포의 시간을 넘긴 후 점심시간에는 십자가생이나 미니축구를 하였다.
더욱이 한두 시간만 지나면 사랑, 행복, 희망을 합친 것보다 더 완벽한 세계가 펼쳐졌다. 추위도 더위도 비바람도 소년의 열정을 막지는 못했다.
'세상은 넓고 할 일은 많다!'
'운동장은 넓고 놀 친구는 많다!'

특설반이 아닌 소년의 반은 놀 수 있는 인력이 너무나도 풍부했다. 방과 후의 긴긴 자유시간에 거의 축구를 했다. 시험 기간 외에는 항상 축구를 할 수 있는 인원이 있었다. 축구장에 다른 팀이 있으면 핸드볼장을 사용하면 되었고 그곳도 다른 팀이 사용하고 있으면 다른 공터에 가서 가방만 두 개 놓고 축구장을 만들었다. 공이 거의 보이지 않을 때까지 소년과 친구들은 달리고 또 달렸다.
특설반 학생들은 수업 후 상대적으로 빨리 집에 가서 학원을 간다든지, 과외를 받는다든지 했다. 그래서 축구를 할 인원을 모으기는 불가능했다. 그러나 소년의 반은 달랐다. 샘물같이 넘치는 친구들이었다. 배치고사에서 산수시험 한 면의 답을 쓰지 못한 것이 오히려 축복이었다.
소년은 중간고사나 기말고사 기간에만 살짝 공부해도 체면치레하는 등수는 될 수 있었다. 그 외의 시간은 그야말로 신이 소년에게 주신 축복의 선물이었다.

집으로 돌아오는 길은 집 방향이 같은 친구와 함께 오는 날도 많았다.

큰 라일락 꽃나무가 있는 집에 사는 영만이는 욕을 아주 많이 했다. 봄에는 라일락 꽃향기가 사방에 퍼지고, 여름에는 장미꽃이 만발한 집에 사는 애가 왜 그리 욕을 많이 하는지? 그렇다고 심성이 나쁜 애는 아니었고 오히려 순진하고 순수했다. 다만 열심히 욕을 할 뿐이었다. 예를 들면 이랬다.

"아이! 니기미 시팔, 어제 우리 아부지가 삼립호빵을 사 왔는데 정말 맛있더라. 시팔!"

"시팔! 순교야 니 어제 나훈아가 노래하는 거 봤나? 와! 시팔 좃나게 잘하더라. 시팔!"

소년이 언젠가 한번 영만에게 말했다.

"니는 왜 그러게 욕을 마이 하노?"

"시팔! 내가 언제 욕 했다카노? 시팔!"

"봐라, 지금도 막 '시팔' 그켔짜나!"

"아! 그랬네, 시팔!"

영만이가 한 가지 다짐을 했다.

"순교야! 나는 앞으로 다시는 욕 안 한다. 시팔!"

어느 날 욕쟁이 영만이가 물었다.

"니 그기 털 있나?"

"어데 말이꼬?"

"시팔! 부랄 있는데 말이다."

"아! 그래 하나 났다. 징그러서 뽑을라 켔는데 아파서 안 뽑았다."

"야! 시팔! 뽑으면 안 된다. 나는 두 개 났다. 앞으로 점점 더 마이 나는기라"

얼마 후 소년이 말했다.

"나도 이제 털이 두 개다."

"까불지 마라! 시팔! 나는 다섯 개다."

그리고 소년의 털이 다섯 개가 넘으면서 털은 더 이상 관심 받는 화젯거리가 되지 못하고 자연스럽게 다른 화제로 넘어갔다.

영만이와 같이 집으로 돌아올 때도 있었다. 혼자 집으로 돌아올 때도 있었다. 그러나 누구와 오느냐보다 더 중요한 것이 있었다.

행복한 학교에서 집으로 돌아오는 길에는 또 하나의 큰 기쁨이 기다리고 있었다. 그날 쓸 돈 십 원이 주머니에 있는 것이다. 귀하고 소중한 십 원은 항상 갈등을 안겨 주었다.

교문을 나서서 왼편으로 채 십오 미터도 안되는 짧은 거리에서 갈등을 한다.

핫도그냐? 라면땅이냐?

그것이 문제였다.

얼굴이 길쭉하고 입술 끝이 뾰족한 학교 앞 문방구 아저씨가 아이들

이 줄을 서서 순서를 기다리며 보
고 있는 현장에서 바글바글
끓는 기름에 직접 튀겨 낸
핫도그! 소년은 뜨거운
껍질을 호호 불며 살짝
한입 베어 문다. 역시 너
무나 고소하고 황홀하
다. 막대기를 돌려가며 고
소한 껍질을 먼저 먹는다.
기름과 맞닿았던 껍질을
먹고 나면 맛이 덜한 하얀
부분이 나오지만 실망할 필요
는 없다. 하얀 부분은 소년의 허기진

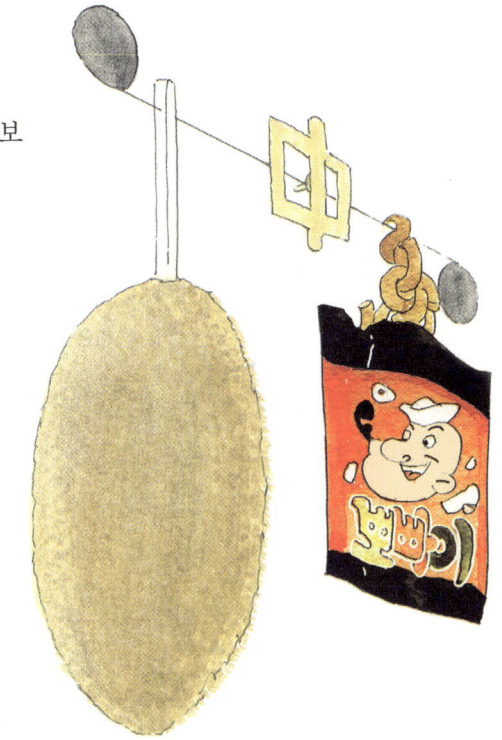

배를 채워주며, 또 하얀 부분을 조심스레 먹고 나면 막대기 끝에 소년
의 마지막 희망인 보랏빛 소시지가 꽂혀 있지 않은가!

비록 새끼손톱만 하지만 말이다.

다이아몬드보다 더 귀한 소시지를 입에 넣으면 맛을 느낄 겨를도 없
이 녹았다. 아쉬운 향기가 뇌 깊숙이 전달된다.

아! 핫도그는 너무나도 매력적이었지만 치명적인 단점이 있었다.

그 자리에서 한꺼번에 다 먹고 막대기를 반납해야 한다는 것이었다.

라면땅 봉지를 뜯는다. 오른손으로는 가방을 들어야 하기에, 왼쪽

주머니에 라면땅을 쏟아부어 넣는다. 주머니가 더럽다는 걱정은 하지 않는다. 주머니 속의 먼지가 함께 씹혀도 별문제는 없지만, 어제도 라면땅을 주머니에 넣고 다 먹은 후 주머니를 뒤집어서 탈탈 털어내었기에 먼지는 별로 없을 것이다. 맛 앞에 위생은 사자 앞의 생쥐일 뿐이다.

뚝방길을 걷는 동안 아껴가며 조금씩 라면땅을 입에 넣는다. 순간의 고소함은 소시지에 떨어지지만 그래도 맛있다. 라면땅을 다 먹기 전까지는 맛을 깊이 음미하기 위하여 다른 생각은 가급적 하지 않는다. 혹 영만이가 옆에 있더라도 가급적이면 이야기를 적게 한다. 아끼고 아끼지만 그 순간은 오고야 만다.

라면땅을 다 먹는 순간!

'아! 벌써 다 먹었구나! 아이 씨! 오늘은 핫도그를 사 먹을걸 그랬나?'

오늘의 행복도 끝이 났다. 그러나 아직 실망하기는 일렀다.

봉황기, 청룡기, 황금사자기, 대통령배 등등 경북고등학교와 대구상고가 출전하는 전국고교야구대회가 소년을 기다리고 있었다. 그리고 온 국민을 울리는 영구가 나오는 드라마 〈여로〉가 기다리고 있지 않았던가!

'반토막'과 '길다'

　소년의 집 길 건너 맞은편 골목에 사는 정대곤은 키도 좀 큰 편이었고 체격도 준수했으며 얼굴은 굉장히 귀엽고 잘생겼다.

　키는 작았지만 형들이 많아 좀 빨리 성숙하고 남자다웠던 같은 반 친구인 양만원이 '야! 니는 너무 이쁘고 잘생겼다! 내가 여자라면 무슨 수를 쓰더라도 니를 꼬시겠다'는 말을 할 정도로 예뻤다.

　대곤이는 학교에서 항상 애교가 넘쳤고 밝게 웃었다. 그러나 집이 같은 방향임에도 불구하고 소년이 대곤이와 함께 집으로 돌아온 것은 몇 번 되지 않았다. 대곤이는 소년과는 별로 친하지 않았다. 어쩌면 대곤이는 소년뿐만 아니라 다른 애들과도 별로 친하지 않았던 것 같았다. 대곤이는 영만이처럼 허심탄회한 이야기나 비밀스러운 이야기는 거의 하지 않았다. 대곤이는 소년이 자기의 집이 어디인지 모른다고 생각했다. 그리고 자기 집 근처까지 함께 가는 것을 싫어해서 일부러 멀리 돌아서 집에 갔다. 그러나 소년은 이미 대곤이의 집을 알고 있었다.

십 원의 여윳돈이 생겼을 때 단팥빵이나 소라 모양 속에 노란 쨈이 들어 있는 소라빵 혹은 바삭바삭한 곰보빵을 사 먹던 맞은편 큰길가의 구멍가게 옆 골목으로 들어가면 조그만 골목 사거리 모퉁이에 아주 조그만 만화가게가 있었다. 그 만화가게 이 층에 방이 하나 있었고, 만화가게 문 옆으로 이 층으로 올라가는 가파른 계단이 있었다. 그 이 층이 바로 대곤이의 집이었다. 그리고 그 이 층 집에는 키가 작고 소아마비로 다리를 아주 심하게 저는 한 아주머니가 택시운전을 하는 남편과 살고 있었다.

소년은 대곤이에게 그 사실을 말하지는 않았다. 대곤이가 소년에게 '너의 아버지 봉사 맞째?'라고 묻지 않은 것처럼.

소년의 반에서 키가 가장 작은 상해의 별명은 '반토막'이었다.

키가 가장 큰 애의 별명은 '길다'였다.

평소 아이들과 놀 때 "어이! 반토막!", "야! 길다야!"라고 아이들이 부르면 반토막과 길다는 "왜!"라고 대답했다. 그리고 즐겁게 함께 놀았다. 그러나 어느 날 어떤 애가 길다를 키가 크다고 놀리며 "길다야, 길다야"를 되풀이했다. 마음이 착하고 여린 길다는 책상에 엎드려 엉엉 울었다. 반토막이 우는 것은 많이 보았지만 커다란 길다가 우는 것은 처음 보았다.

그래서 그런지 매우 측은해 보였다.

소년은 반토막과 길다에게 단 한 번도 그 별명을 부른 적이 없었다. 그냥 '상해야', '태훈아'라고 이름을 불렀다. 잘생기고 귀여운 대곤이도 상해와 태훈이를 반토막이라고, 길다라고 부르지 않았다.

대곤이도 자신의 그 귀여운 미소 속에 큰 아픔을 감추고 있었으니까!

엄마의 마지막 눈물

어머니는 일제강점기에 일본에서 삼남일녀의 장녀로 태어났다. 외할아버지는 외모도 잘생겼고 말도 아주 잘하여 여인들에게 아주 인기가 높았다고 한다. 그리고 가정은 전혀 신경쓰지 않고 바람을 많이 피웠다. 어머니는 말 잘하는 외할아버지에 대한 상처로 말 잘하고 많이 하는 사람을 아주 싫어했다. 그래서 소년이 말을 잘 못하는 모양이다.

어머니는 철없는 외할아버지 때문에 학교를 다닐 수 없었고 참기름 장사를 하는 외할머니를 도와야 했다. 어머니의 동생들은 그 덕분에 학교를 다닐 수 있었다.

어머니는 열여섯 살에 외할아버지를 남겨 두고 외할머니, 동생들과 함께 한국으로 나와 고향인 대구 동촌으로 돌아왔다. 당시 사과밭이 많았던 대구에서 사과밭에서 일하기도 하고, 외할머니가 일주일씩 장사를 떠나면 남은 동생들을 밥해 먹여 학교도 보내고, 돈도 벌고 하느라 고생이 많았다. 쌀이 떨어져 가는데 외할머니가 돌아오지 않을 때 그 가슴 졸이던 것이 힘들었다고 했다. 일본에서 일본어만 배웠기에 한글을 몰라 이모와 외삼촌에게 틈틈이 한글을 배우며 교회에 다녔다.

열아홉 살, 당시로는 늦은 나이에 아담한 키에 사각턱을 가진 참한 아버지를 만났다. 소년의 아버지는 말이 없고 융통성도 없고 정직하고 성실하기만 했던 남자였다. 딸 둘을 낳고 행복을 맛보려 할 때 6·25전쟁이 터졌다. 아버지는 군에 입대했고 딸 둘은 하늘나라로 갔다.

전쟁 중 아버지와 동료 일곱 명이 북한군에게 포로로 끌려갔는데, 트럭을 타고 이동하던 중 기회를 틈타 트럭에서 뛰어내렸다. 그렇게 탈출한 여섯 명은 도망갔지만 아버지는 "다 도망가면 나라는 누가 지키노"라며 다시 자원해서 부대로 돌아갔다. 그리고 아버지는 전쟁 막바지에 부상을 입어 두 눈과 오른쪽 팔을 잃고 고향으로 돌아왔다. 죽지 않고 살아서 말이다!

아버지가 부상을 당하여 고향으로 돌아오자 일가친척들은 물론이고 가족마저도 아버지를 부끄럽게 여겼다고 한다. 어머니가 결국은 못 살고 도망갈 거라고 생각한 시집 사람들은 어머니를 혹독하게 대하였다. 차비가 있으면 도망갈까 봐 돈도 거의 주지 않았다고 했다. 그러나 어머니는 그런 아버지를 떠날 생각이 없었다고 했다. 어떤 사람들은 어머니가 듣는 데서도 '그렇게 부상당하여 돌아오느니 차라리 죽는 것이 낫다'는 말들을 했다지만, 어머니는 그렇게나마 돌아온 것이 더 좋았다고 했다.

아버지는 장남으로서의 역할을 상당히 중요하게 생각했다. 그래서 불구의 모습으로도 친척들의 경조사에 열심히 참석하였다. 그러나 팔병신인 봉사가 모임에 참석한 것을 고맙게 생각하지 않고 오히려 창피하다고 여기는 친척들의 모습을 본 어머니는 무척 슬펐다.

나라를 위해 일하다 장애를 입었건만 다른 사람들은 마치 부정한 사람을 보는 듯 피하고 멸시와 조롱의 태도를 보였다. 봉사를 제외한 대부분의 성한 사람들이 오히려 마음의 봉사였다.

이런 일들은 어머니가 죽을 때까지 조금씩 흘려야 할 모든 눈물을 말려버렸다.

그러다 앞 못 보던 사람들만 모여 집성촌을 이룬 광명원에 모여 살게 되었다.

아버지는 부상당한 후 신경성 위염을 앓았다. 밥도 잘 못 먹고 고생했는데 아내를 따라 교회에 다니면서 마음도 밝아지고 위염도 나았다. 많은 교회와 종교인들을 볼 때 니체가 "신은 죽었다"라고 한 말을 실감하기도 한다. 그러나 소년이 생각하기에 최소한 어머니와 아버지의 신만은 죽지 않았다. 그리고 아버지를 구한 초인은 어머니라고 생각했다.

어머니는 그런 아버지를 모시고 새벽 기도를 빠지지 않고 다녔다.

겨울 새벽이 아무리 깜깜해도 두 분은 서로 팔을 끼고 하루도 빠짐없이 새벽 기도를 다녔다.

새벽에 눈이 오면 눈이 왔다고 소년과 형제들을 깨우기도 했다. 소년은 좋아서 제일 먼저 동네에 나가 하얀 눈밭에 발자국을 새기곤 했다.

그리고 집으로 돌아와 따듯한 물에 세수를 하고 물을 마당에 휙 부으면 눈이 녹아 눈물이 되었다.

소년과 형제들이 겨우내 세수했던 따듯한 물로 녹인 눈물의 양이 어머니가 흘린 눈물의 양보다 많을까!

겨울잠을 자고 있던 밭에 두텁게 덮여 있던 눈이 따스한 봄 햇살에 녹아내린 눈물이 어머니의 눈물보다 많을까!

버스에서 내려 집까지 오는 길의 모든 논밭에 쌓인 눈이 녹으면 어머니가 흘린 눈물보다 많을까!

대덕산과 골짜기에 쌓인 모든 눈이 녹으면!

왜 나를 낳았노?

자전거를 타고 싶었다.

어머니에게 졸랐다.

자전거를 타고 싶었다.

어머니에게 졸랐다.

자전거를 너무나도 타고 싶었다.

어머니에게 하지 않아야 할 말을 했다.

"자전거 하나 못 사줄 거면서 왜 나를 낳았노!"

어머니는 아무런 말도 하지 않았다.

어머니는 화를 내지도 않았다.

눈물 한 방울도 흘리지 않았다.

아버지의 부상 후 평생 흘릴 눈물을 다 흘려버렸기 때문이다.

혹시나 하여 몰래 감추어 둔 몇 방울의 눈물은 강철 파리채로 소년의 엉덩이를 때린 날 밤, 엉덩이에 약을 발라주면서 흘려버렸다. 그때 눈물을 아껴 놓았더라면 지금처럼 눈물이 필요한 상황에서 울 수 있었을

텐데. 눈물이 말라버린 어머니는 그저 기도만 할 뿐이었다.

몇 개월 후 사이클용 자전거를 샀다.

어머니가 그때 흘리고 싶었을 눈물이 지금 소년의 눈가에 맴돌고 있다.

왜 사느냐고 묻거든?

'실컷 자전거를 타고 놀다가 나중에 눈물 한두 방울 흘리려고……'

환희

중학교 이 학년 학기 초 미술시간.
추상화를 그리는 시간이었다.
대부분 학생들의 그림에는 동그라미, 세모, 네모 형상이 있었다.

소년의 그림은 단순했다.
선생님은 그림을 보고 제목을 물었다.
소년은 '환희'라고 대답했다.
"환희라면 느낌표 아닌가?"
선생님은 잠시 후,
"음 그럴 수도 있겠네."
그림이 완성된 후 선생님은 소년을 불러내셨다.
소년은 그의 그림을 학생들 앞에서 들고 있었다.

주황색의 큰 물음표가 하나 있었다.

바탕색은 온통 검정이었다.

선생님은 소년에게 미술을 해보고 싶지 않느냐고 물었다.
소년은 그림을 좋아하지만 노래를 더 좋아한다고 말했다.
음악 시간에 같은 반 친구 배상환의 노래를 미리 들었었더라면 소년
은 아마도 미술을 하겠다고 대답했을지도 모른다.

팔씨름

초등학교 삼 학년 때까지 소년은 주로 산과 들에서 시간을 보냈다. 시계가 없는 소년은 배꼽시계에 의존하여, 배가 고프면 집에 가서 밥을 먹고 학교로 갔다. 워낙 소화가 잘 되던 시절이어서 배꼽시계는 벽시계보다 항상 먼저 갔다.

벽시계는 태엽에 의해 시계추가 흔들리면 시계 침이 움직였다. 태엽을 감는 것을 '시계 밥 준다'고 했다. 태엽이 느슨해져서 시계의 시간이 안 맞으면 어머니가 말했다.

"순교야, 옆집에 가서 시간 물어보고 온나."

그 시절 농담으로 '처녀 불알은 만병통치약'이라고들 했다. 처녀의 불알은 없기 때문이다. 소년이 아이디어를 내었다.

"시계 불알*을 떼어서 처녀에게 달아주면 처녀 불알 아이가!"

그 말에 아버지, 어머니 그리고 형과 누나들도 웃었다.

점심 먹는 시간이 이르면 조금 빨리 학교에 도착하게 된다. 오전반

* '시계추'를 비유한 말.

수업이 아직 끝나지 않은 학교는, 학교 옆의 비행장에 비행기가 뜨고 내리지 않는 한 조용했다.

그러나 조금 시끌벅적한 곳도 있었다. 미끄럼틀과 그네터였다.

미끄럼틀은 주로 술래잡기를 하는 다른 팀들이 선점하고 있었다.

여섯 개의 그네도 먼저 온 애들과 늦게 도착했지만 힘이 센 애들로 꽉 차 있는 경우가 많았다.

그럴 경우 소년은 항상 텅텅 비어 있는 철봉대로 갔다.

철봉대에 매달려 있는 시간이 늘어감에 따라 철봉 실력이 늘었다. 턱걸이는 기본이며 앞으로 돌기, 뒤로 돌기, 다리를 철봉대에 걸고 연속으로 뒤로 돌기 등을 하다가 가끔씩 그네를 바라보았다. 잠깐 그네로 갔다가 다시 철봉으로 돌아오곤 했다.

그러나 가끔 운 좋게 그네를 마음껏 탈 수 있는 날도 있었다.

서서히 움직이던 소년과 그네가 탄력을 받고 드디어 힘차게 하늘을 날아오르는 순간! 마음의 옷자락과 영혼의 금박 물린 댕기는 창공을 차고 나가 바람 속에 나부꼈다. 그러나 제비가 놀라기도 전에 그네를 빼앗기는 경우도 많았다.

초등학생 시절 체력검사를 할 때 턱걸이 순서가 되면 소년은 선생님과 애들에게 자신의 실력을 보여주고 싶었다. 턱걸이를 칠십여 개도 할 수 있었지만 선생님은 이십 개가 넘어가면 중단시켰다. 소년은 몹시 아쉬웠다. 그래서 체력검사가 끝난 후 혼자서 힘들 때까지 턱걸이를 하곤 했었다.

중학교 이 학년 때 우연히 반에서 팔씨름 대회가 열렸다.

팔씨름은 먼저 짝과의 대결로 시작되었다.

소년은 짝에게 이겼다.

이긴 애들끼리 그다음 결투가 벌어졌다.

소년은 또 이겼다. 그리고 그다음에도 이겼다.

반 애들이 놀라기 시작했다.

다음 시합에서도 이겼다.

이제 남은 애라고는 체격이 큰 정호교와 유도 선수인 정혁하밖에 없었다. 키도 크고 잘 생기고 매너도 좋은 유도 선수인 혁하가 소년과 준결승전을 겨루는 상대였다. 모든 애들이 당연히 혁하가 이길 것이라 생각했다.

소년은 키가 작지는 않았지만 상당히 야위었다. 먹는 것보다 체력을 더 많이 쓰니 살이 찔 틈이 없었다. 사춘기에 접어들며 팔에는 알통이 생기고 가슴은 불룩하고 배에는 임금 왕王 자가 새겨지기를 희망했으나 희망에 그칠 뿐이었다. 운동을 하면 할수록 점점 더 마를 뿐이었다. 쑥 들어간 배는 더 이상 들어갈 부분도 나올 부분도 없어서 왕 자가 만들어지질 않았다. 그러나 초등학교 시절 철봉에서 단련되었던 소년의 손목 힘은 꽤 세었다.

아뿔싸! 소년도 놀랐다. 혁하도 이겨버렸던 것이다.

마지막 상대는 호교였다. 호교는 약간 껄렁대는 것이 있어 이기기가 두려웠으나 이왕 여기까지 온 김에 이겨보겠다는 욕심이 생겼다. 그리고 정말로 이겨버렸다.

소년이 반의 팔씨름 왕이 된 것이다!

그때 누군가 "잠깐!"이라고 외쳤다.

"아직 한 명이 남았어. 김대산이 있잖아!"

한 명이 헐레벌떡 체육관으로 뛰어갔다.

조금 후 레슬링 선수인 대산이가 교실로 들어왔다.

대산이는 호교와 혁하보다 키는 작았지만 몸은 차돌 같았다.

드디어 세기의 대결이 벌어졌다.

계속 이변을 봐온 애들은 또 한 번의 이변을 기대하는 편과 '설마 대산이에게는 안되겠지'라고 생각하는 편으로 갈렸다.

심판의 구령과 함께 팔씨름이 시작되었다.

어느 쪽으로도 움직이지 않을 만큼 시합은 팽팽했다.

상당한 시간이 지났다.

서로 힘을 가했다.

그러나 팔은 움직이지 않았다.

서로의 이마에서 땀이 흘러내렸다.

서로를 잡은 손도 축축해졌다.

순간!

대산이가 힘을 가하는 순간 어디에선가 '뚝' 하는 소리가 났다.

소년의 입에서는 '윽' 하는 신음소리가 터졌다.

그 소리와 함께 소년의 손등은 책상 위에 세게 부딪혔다.

세게 부딪친 소년의 손등은 아무런 고통을 느끼지 못했다.

손목이 부러진 듯이 아팠기 때문이다.

한참 동안 왼손으로 오른쪽 팔목을 쥐고 고개를 숙였다. 너무나 큰 고통에 숨도 제대로 쉴 수가 없었다. 시간이 한참 지난 후에야 왼손으로 오른쪽 손목을 주무를 수 있었다.

그후로 소년은 팔굽혀펴기를 할 때마다 오른손은 주먹을 쥔채 땅바닥을 디뎠다. 오른쪽 손목이 뒤로 꺾이지 않기 때문이다.

그러나 그 사실을 어머니에게는 말하지 않았다.

혹시 팔씨름에서 일등 했더라면 말했을까?

소년이 독일 유학을 다녀온 후 팬뮤직페스티벌 운영위원으로 일할 때였다. 광화문 근처의 국민일보홀에서 이 주간 현대음악 연주회가 계속되었다. 오후 연주는 세 시, 저녁 연주는 일곱 시에 있었다. 어느 날 세 시와 일곱 시 연주 사이에 동네 한 바퀴를 도는데 언뜻 눈에 띄는 접골원이 있어 들어갔다.

"오른 손목을 다친 적이 있는데 고칠 수 있을까요?"

"한참 되었군요. 그냥 그렇게 사세요!"

그 대답을 듣고 접골원 문을 나와 좁은 계단을 내려왔다.

큰길가에서 피식 웃으며 괜스레 오른팔을 획획 두어 바퀴 돌렸다.

대산이는 지금 무엇을 하고 있을까!

알카라 용기병

중학교 일 학년 담임선생님은 국어 과목을 담당한 진한규 선생님이었다. 한학자적인 카리스마가 물씬 풍겨 선생님이 나타나면 학생들은 쥐죽은 듯 조용해졌다.

중학교 이 학년 담임선생님은 역사 과목을 담당한 김호기 선생님이었다. 마음이 여리고 다정다감하면서 서민적인 호인이었다.

선생님이 학생들에게 잘 대해주면 학생들은 짓궂게 굴지 말아야 하지만, 학생들이 그럴 정도로 철이 들지는 않았다.

김호기 선생님은 얼굴이 좀 길었다. 그래서 별명은 '말대가리'였다. '말대가리'란 별명이 별로 듣기 좋지는 않았을 것이다. 그러나 교실 밖 복도를 지나갈 때, 학생들은 "말대가리", "말대가리", "말대가리"를 외쳐댔다.

어느 날 선생님은 "너희들 선배들은 말이야, 내가 지나갈 때 김 대감 나가신다 했다"고 말씀하셨다. '너희들도 나를 말대가리로 부르지 말고 김 대감으로 불렀으면' 하는 바람이 있었던 것이다.

그러나 선생님의 그 소박한 바람은 어느 날 갑자기 한순간에 사정없이 무너져버렸다.

음악 시간에 교과서에 있는 노래를 배웠던 것이다.

말발굽 소리가 요란하구나
나팔을 불면서 용감하게도
적진 향해 돌진하는 알카라 용기병

그 노래를 배운 소년과 친구들은 선생님의 부드러우면서도 간곡한 부탁을 순식간에 잊어버렸다.

선생님이 복도를 지나갈 때 한 명이 신호를 한다. 그러면 거의 모든 학생들이 음악 시간보다도 더 크게 〈알카라 용기병〉을 노래했다. 거기에 더해 발을 굴렀고 뿔자나 대나무자로 책상을 쳤으며 어떤 학생은 '따그닥 따그닥' 하는 말발굽 소리를, 어떤 학생은 '이히힝' 하는 말 울음소리를 내었다.

화가 난 선생님이 교실로 들어왔다. 그러나 엄청나게 흥분한 선생님이 화를 내도 박철소 선생님의 매 한 방보다도 약했다. 그 정도로 선생님은 마음이 여렸다.

반 애들은 잠시 조용해졌을 뿐이다.

그래서 그후에도 〈알카라 용기병〉 노래는 끊임없이 반복되었다.

학년이 끝날 때쯤 말밥굽 대신 학생들의 운동화 밑바닥은 많이 닳았다. 학생들의 장난을 미소로 품어주신 선생님의 인격은 더욱 밝게 빛났다.

천국과 지옥

초등학교 이 학년 때 소년은 엄청난 재벌이 된 적이 있었다.

동네 아이들 몇이 모여서 구슬로 삼쥐기*를 했다. 이상하게 그날은 땅의 모든 기운과 하늘의 모든 기운이 소년을 도왔다. 순식간에 주위의 모든 구슬을 휩쓸었다. 구슬을 다 잃은 애들은 형의 구슬, 옆집의 구슬까지 빌려와서 도전하였지만 소년의 상대는 되지 않았다. 시간이 지날수록 재산은 늘어만 갔고 그 소문도 멀리 퍼져나갔다.

소년이 동네의 구슬 육십 퍼센트 이상을 소유했을 즈음, 공포의 보형이가 이백 개 이상이 든 구슬통을 들고 늠름하게 소년 앞에 나타났다. 그러나 늠름했던 처음의 모습과 달리 보형이도 그날만은 적수가 되지 못했고, 배포가 컸던 만큼 구슬이 소년에게 다 넘어오기까지 걸린 시간은 다른 애들보다 훨씬 짧았다. 구슬을 다 잃은 보형이는 자기의 졸개들 구슬까지 다 모았으나 그 구슬들은 결국 소년의 소유가 되었다. 보형이의 구슬마저 따버린 것이 좀 무섭기는 했으나, 남들이 지켜보

* 선을 정하고 선이 손에 쥔 구슬의 개수를 맞추는 게임. '홀짝' 게임과 비슷하다.

는 가운데서 구슬을 다 잃은 보형이는 아무런 말이 없었다. 소년은 구슬을 천개 이상 가진 재벌이 되었던 것이다.

중학교 이 학년 때 학교에서 비슷한 일이 일어났다.

몇 명이 모여 일 원, 이 원으로 삼쥐기를 하였다. 그날도 하늘과 땅의 모든 기운이 소년을 도왔다. 소년이 속한 반 아이들의 거의 모든 잔돈이 손안에 들어왔다. 그중 가끔씩 십 원짜리도 섞여 있었다. 십 원이면 소년의 하루 용돈이었다. 잔돈이 거의 모두 소년에게 몰리자 다음으로 십 원짜리를 가진 애들이 몰려왔다. 역시 하늘과 땅이 돕는 소년을 당할 애들은 없었다. 몇 명이 나가떨어지면 또 몇 명이 붙고 그것을 반복하다 보니 어느덧 양쪽 호주머니는 오백 원이 넘는 동전들로 꽉 채워졌다.

반 애들의 모든 주머니가 비어갈 즈음!

소년의 마음은 이미 천국에 도달해 있었다. 그러나 마지막 도전자가 멀리서 뚜벅뚜벅 걸어왔다.

오십 원을 손에 들고 온 박상천이었다. 소년은 상천이와는 게임을 하고 싶지 않았지만 다른 아이들과의 형평성 때문에 하지 않을 수 없었다.

아! 이게 웬일인가!

소년이 선을 잡았을 때는 승률이 오십 퍼센트 이상이었지만, 상천이가 선을 잡을 때는 승률이 거의 영 퍼센트에 가까웠다. 조금씩 소년의 재산이 줄어들었다. 시간이 지나며 소년이 가진 돈과 상천이가 가진 돈이 비슷해졌다. 소년이 상천이에게 말했다.

"상천아, 이제 우리 고만하자."

"안 된다, 계속하자."

상천이는 단호하게 잘라 말했다.

'그래? 그러면 나도 오기가 있다, 어디 끝까지 해보자.'

소년은 게임을 계속했다. 그러나 계속 졌고 마침내 빈털터리가 되어버렸다.

아쉽지만 손을 털고자 했다. 그때 같은 반 친구 한용택이 말했다.

"순교야, 돈 빌려주까?"

소년의 머릿속에는 "아이다, 인자 됐다. 집에 갈란다."

그러나 입에서는 "그래"라는 의미 없지만 강한 소리가 튀어나왔다.

한용택은 거금 오십 원을 빌려주었다.

조금 후 한용택이 말했다. "순교야 돈 또 빌려주까?"

소년의 입에서는 "그래"라는 의미 없는 소리가 또 나왔다.

그리고 한용택은 거금 오십 원을 또 빌려주었다.

소년은 그다음에도 오십 원을 두 번 더 빌렸다.

그러고는 다 잃어버렸다. 앞이 깜깜했다.

반나절 동안에 엄청난 갑부가 되었는데 일 원도 써보지 못하고 엄청난 빚쟁이로 전락해버렸다.

그날 이후로 소년은 학교에 등교하면 맨 먼저 용택이를 찾아가서 귀하고 소중한 십 원을 내밀었다. 월요일은 용택이에게 이십 원을 내밀었다.

그후로 한동안 고소하고 맛있는 핫도그와 라면땅이 미워졌다.

용택이에게 십 원을 내밀기 시작한 지 십팔 일째 용택이가 말했다.

"인제 그만 갚아도 된다."

소년은 너무나 감격하여 용택이에게 말했다.

"아! 그래도 되겠나! 고맙다, 용택아! 고맙다!"

몇 주 시간이 흘렀다.

점잖지만 체격도 좋고 카리스마가 강해서 좀 논다는 애들도 함부로 건드리지 못하던 강신욱이 슬며시 내 곁으로 다가왔다. 그리고 말했다.

"니 그때 짤짤이 했던 거 사기당한 거다. 상천이는 짤짤이 할 때 큰 동전 아래에 작은 동전을 숨겨놓고 니를 속였데이. 용택이는 니가 잃을 걸 뻔히 알고 상천이와 짜고 일부러 니한테 돈을 빌려준 기라. 용택이는 그날 벌써 백오십 원을 상천이한테 받았으니까 니한테 받은 돈을 합치면 이백 원이 아이고 삼백 원도 훨씬 넘게 더 챙겼데이."

소년은 너무나 억울했지만 어쩔 수 없었다.

이미 지나간 시간이며 일이었다.

이미 지나간 일이 아니었어도 할 수 없었을 것이다.

남들이 연필 깎는 칼을 가지고 다닐 때 등산용 칼을 가지고 다니고, 책가방 속에 송곳을 넣고 다니는 상천이와 그 패거리에게 무슨 할 말이 있겠는가!

그래도 용택이가 감해준 이십 원이면 핫도그 하나에 라면땅 하나를 사 먹을 수 있지 않은가!

신들은 악한 인간들을 위하여 지옥을 준비했다. 그런데 지옥에는 주로 육체적인 고통을 주는 뜨거운 불, 끓는 물, 몽둥이와 삼지창들이 준비되어 있다.

인간들이 지상에서 살면서 이미 정신적인 고통에는 너무나 익숙해져 있어서 정신적인 고통을 줘봐야 아무런 소용이 없을 것이라는 걸 신도 아는 모양이다.

그래서 소년을 보고 신은 아이디어를 얻었을 것이다.

'올커니! 못된 중학생이 죽으면 핫도그와 라면땅으로 고문을 해야지! 즉 이틀은 핫도그와 라면땅을 먹이고 십팔 일 동안은 보여만 주고 못 먹게 하는 거야! 이순교, 고마워!'

인간은 한 번의 실수를 하면 그 비슷한 실수는 하지 않을 만큼의 지능은 있지 않은가! 그러나 살다 보면 그렇지는 않은 것 같다. 비슷한 실수를 수없이 되풀이하게 된다.

혹시 악마가 인간을 유혹해서 그런 것일까?

악마가 인간을 유혹하는 것이 아니라 오히려 인간이 악마를 유혹하는 것은 아닐까?

아니, 인간은 마음속의 한편에서는 가면을 쓴 천사를 키우고 또 다른 한편에서는 탈을 쓴 악마를 키우고 있는 것은 아닐까?!

너 자신을 알라

소년은 교회에서나 초등학생 때 노래를 못한다는 말을 들은 적은 없었다. 그렇다고 노래를 잘한다는 말도 들어본 적이 없었다. 아버지의 목소리를 닮고서 노래를 잘하기는 극히 어려웠다. 그러나 음정과 박자가 정확했기 때문에 노래를 아주 잘하는 것이라 생각하고 있었다.

형은 노래를 너무 좋아해서 학교에서 배운 노래를 집에서 아주 열심히 불렀다. 형의 노래를 듣고 초등학교 때 이미 중·고등학교 음악 교과서의 주요 노래를 거의 다 외워버렸다.

사춘기와 함께 자의식이 조금씩 강해진 소년은 꿈이 생겼다. 무대에서 노래하는 성악가가 멋있다고 생각했다.

중학교 일 학년 때도 노래 시험 성적은 반에서 제일 좋았다.

중학교 이 학년이 되었다. 사월, 학교에 교생선생님들이 왔고 그중에는 음악 교생선생님도 있었다.

무서운 김귀자 선생님과는 달리 성악을 전공 중인 아주 상냥하신 여선생님들이 수업을 했다.

수업이 시작되고 소년은 노래를 배웠다. 두 마디씩 따라하기로 곡을 익혔으나 이미 다 알고 있는 노래였다. 다 함께 처음부터 끝까지 노래를 한 후 교생선생님은 한 명씩 지명해 노래를 시켰다.

소년은 자신 있었다. 그리고 자신을 시켜주기를 원했다. 교생선생님에게 그의 노래 실력을 보여주고 싶었다. 그러나 기회는 오지 않았다.

"아이 씨, 나 노래 잘하는데"라며 아쉬워하고 있을 때 "배상환, 한번 노래해볼까?"라고 교생선생님이 말씀하셨다.

선생님의 반주에 맞추어 배상환이 노래했다.

노래가 시작되자마자 선생님들의 입에서 탄성이 터져 나왔다.

그러나 소년의 탄성은 입 밖으로 나오지조차 못하고 가슴에 그대로 멈추어버렸다.

배상환의 목소리는 환상적이었다. 성악을 배워본 적도 없었지만, 타고난 목소리를 가진 상환이의 노래는 음악 과목을 좋아하지 않는 학생들조차도 귀 기울이게 만들었다.

노래가 끝나자 선생님들이 이성을 잃고 예쁘장한 상환이의 머리를 쓰다듬고, 볼을 만지며 야단이 났다. 소년은 그냥 멍해졌다.

다음 주 음악 시간에도 교생선생님들은 형식적으로 한두 명에게 노래를 시켰지만 역시 관심은 상환이에게로 집중되었다. 소년은 더 이상 멍하지 않았다.

음정과 리듬을 잘 맞추는 것이 노래를 잘하는 것은 아니라는 걸!

상환이는 단 한 번의 노래로 "너 자신을 알라"라는 격언을 소년에게 가르쳐 주었다.

소년은 성악가의 꿈을 논에서 잡은 비단개구리를 땅바닥에 패대기 치듯이 버려버렸다. 성악가의 꿈이 구체적이지 않았기도 했으나 상환이의 목소리가 너무나도 아름다웠기 때문이다.

어렴풋한 목적조차 없어진 소년은 또다시 행복한 삶으로 빠져들었다.

일 학년 때와는 달리 이 학년 때는 우수반과 지진아반이 없어지고 모든 반에 공부를 잘하는 학생, 못하는 학생들이 섞여 있었다. 소년은 반에서 십 등과 이십 등 중간 정도의 체면만 지켜주면 된다고 생각했다. 어머니는 소년에게 항상 자유를 주었다. 그리하여 재미있는 십자가생과 행복한 축구는 계속되었다.

이 학년 때 부반장이었던 정연식은 거의 전교 일등을 놓치지 않았다. 당연히 서울대는 쉽게 들어갈 것이 뻔하였다.

소년이 서울대학교 작곡과 이 학년에 다닐 때였다. 학교에서 같은 과 친구인 동수와 길을 가다 우연히 정연식과 마주쳤다.

연식이가 깜짝 놀라며 말했다.

"순교, 니가 여기는 우짠 일이꼬?"

갑작스런 연식이의 질문에 반 농담으로 "그냥 놀러 왔다"라고 대답했다.

동수와 소년을 번갈아 본 연식이가 말했다.

"그럼 잘 구경하고 가래이!"

연식이는 자기의 갈 길을 갔다.

지금 생각해도 그 당시 소년과 동수의 몰골이 그리 세련된 편은 아니었던 것 같다.

그러나 연식아!

"작곡과에 입학하기가 그리 쉬운 것은 아이데이!"

적절한 배반

15, 16 | 17, 18, 19 | 20, 21, 22, 23 | 24, 25, 26 | 27+3=30

아니다. 틀렸다. 다시 계산하자.

15, 16 | 17, 18, 19 | 20, 21, 22, 23 | 24+3=27

아! 명희 누나가 군대를 갔다 오지 않은 자신과 결혼해줄까?

아니다! 다시 계산하자!

15, 16 | 17, 18, 19 | 20, 21 | 22, 23, 24 | 25+3=28

스물여덟 살이면 나이가 적지는 않지만 그런대로 괜찮다. 그런데 예쁜 명희 누나가 전문대학을 졸업한 자신과 결혼해줄까? 아니다!

15, 16 | 17, 18, 19 | 20, 21, 22, 23 | 24+3=27

아! 이 정도면 정답이다!

그러나 군대에 안 갈 수는 없지 않은가?

계속 틀렸던 문제를 아무리 다시 풀어도 정답을 찾지 못했다.

중학교 일 학년 때 명희 누나가 소년이 다니는 교회에 처음 왔다.

뽀얀 피부! 빨간 입술! 남들보다 두 배 이상 크고 호수같이 맑은 눈은 항상 웃고 있었다.

명희 누나보다 나이가 많거나 나이가 같은 남학생들은 명희 누나를 가까이 대하지 못했다.

고등학교 일 학년인 명희 누나는 아직은 어리고 귀여운 소년에게 항상 예쁜 웃음으로 대해 주었다. 그냥 예쁘기만 했던 누나가 시간이 지나자 어느 순간부터 소년을 좋아하는 예쁜 여자로 보였다.

'항상 밝게 웃어주는 명희 누나는 나를 좋아하는 것임에 틀림없다! 나는 남자로서 책임을 져야 한다!'

소년의 어려운 계산은 시작되었다.

중학교 이 학년 나이 열다섯 살부터 시작된 계산은 답이 없었다.

아무리 계산해도 정답은 없었다.

그러나 계산은 계속되었다. 오로지 삼이 문제였다.

소년은 경식이, 건호, 채규와 함께 삼덕동에 있는 롤러스케이트장에 갔다.

그리고 거기서 명희 누나와 아주 비슷하게 생겼지만 더 예쁜 또래의 여학생을 보았다. 그 순간 조금도 주저 없이 소년의 머리에 떠오르는 생각이 있었다.

"명희 누나는 나이가 많아서 문제란 말이야!"

그 순간 소년은 자신이 그렇게 좋아했던 명희 누나를 배반했다.

소년이 명희 누나를 단 한순간에 배반한 후에도 명희 누나는 전혀 슬퍼하지 않았다. 그리고 여전히 예전처럼 소년에게 밝고 맑은 친절한 웃음을 웃어주었다.

명희 누나는 참 착한 여자였다!

형의 눈물

소년이 중학교 일 학년에 올라갈 때 큰누나는 대학에 입학했다. 사립 대학이어서 등록금도 비싼 데다 국가유공자 자녀에 대한 혜택도 전혀 없었다.

고등학교 삼 학년인 형은 고려대학교를 목표로 공부하고 있었다.

앞으로 돈이 많이 들 것이라는 것은 누구나 뻔히 보이는 사실이었다.

국가에서 한 달에 조금씩 나오는 보상금으로는 사 남매가 공부하기에 턱도 없었던 것이었다.

작은이모의 권유와 부탁을 받은 아버지는 불로동에 있던 논을 팔아 사업에 투자하기로 했다. 서울의 청계천에 있는 자동차 부속품을 생산하는 공장에 투자를 했다. 아버지가 사장님이 된 것이다. 소년은 그 당시 사장이면 무조건 돈을 많이 버는 것으로 생각했다.

소년은 자유로운 토요일이면 명희 누나보다 더 예쁜 여학생을 보러 롤러스케이트장에 열심히 갔다. 남학생들의 시선을 즐기던 그 여학생은 소년에게 가끔 미소를 지어주기도 했다. 그리하여 토요일은 롤러스케이트장에 가는 것 외 다른 일은 감히 상상할 수 없게 되어버렸다.

그러나 비용이 필요했고, 아버지가 사장님이라고 생각한 소년의 씀 씀이도 약간씩 커졌다. 물론 돈은 어머니에게 떼쓰는 것으로 해결했다.

사업은 완전히 내리막길을 가고 있었다. 소년이 박상천과 한용택의 계략에 말려들어 이십 일간의 지옥을 경험한 것처럼, 아버지도 이미 계획된 사기꾼에 걸려 밑구멍 빠진 독에 물을 붓고 있었던 것이었다. 사기를 계획하지 않았던 사람도 아버지처럼 순진한 사람을 보면 사기를 치고 싶어질 것이니 아버지가 사기당할 것은 뻔한 결론이었다. 형은 이미 집안 형편을 알고 있었다. 그러나 자신의 집이 부유한 줄로 알고 있었던 소년은 어머니에게 계속 떼를 썼다. 돈 달라며 떼를 쓰고 있던 어느 여름날이었다. 형은 여름방학이어서 대구 집에 와 있었다.

소년이 너무나 강하게 떼를 쓰고 있는 것을 보다 못한 형이 소년을 방 밖으로 불러내어 뒷목을 손바닥으로 가볍게 쳤다. 행여나 동생이 아플까 봐 힘을 뺀 손바닥이었다.

"야 임마, 그러지마!"

형은 눈물을 흘렸다. 그리고 형의 설명이 시작되었다.

"지금 우리 집이 얼마나 어려운지 아나! 그러이꺼내 이제 엄마한테 돈 돌라꼬 조르지 마라!"

형은 왼손에 쥔 오십 원짜리 종이돈을 소년에게 주었다. 그 돈은 눈물에 흠뻑 젖어 있었다.

형은 너무나 착했다.

어릴 때 석필로 새끼손가락보다 작은 하이힐 한 켤레를 조각해 주어서 소년이 동네 애들에게 자랑할 수 있게 해준 형!

형은 여름에 밤이 익기도 전에 동네 애들이 시퍼런 밤을 이미 다 따 먹어버린 대덕산 자락의 산을, 조용히 가을까지 기다렸다가 작은 육모방망이를 들고 올랐다.

"히야, 산에 가봤짜 밤이 없을 끼다."

형은 소년의 말에 아랑곳없이 산에 올라 밤나무의 나뭇잎이 떨어진 나뭇가지 사이에서 동네 아이들의 눈을 용케 피해 탐스럽게 익어 탁 벌어진 밤송이를 발견하고 육모방망이를 몇 차례 던진다. 형은 땅에 떨어진 잘 익은 밤을 주은 다음, 침을 질질 흘리는 소년을 밤 한두 개로 달래고 집으로 내려와서 식구들과 함께 나눠 먹었다.

형들끼리 놀 때는 귀찮은 동생을 데려가지 않는다는 것이 철칙임에도 불구하고, 친구들과 함께 놀러갈 때 여러모로 귀찮은 동생을 함께 데려가주고, 신경질 한 번 내지 않고 끝까지 업고 잘 보살펴주었던 형!

집으로 오는 마지막 길에 동생이 힘들어하면 업고서 집까지 데려왔던 형!

그런 형이 태어나서 처음 "임마"라고 욕하고, 태어나서 처음 동생을 살포시 때리며 울었다.

형이 그렇게 슬퍼하는 모습을 방에서 지켜보고 있었던 어머니의 마른 눈은 무엇을 보고 있었을까……!

눈물을 흘리며 말을 하는 형을 따라 소년도 울었다.

눈물에 가려졌던 앞이 약간씩 보이며 언뜻 정신을 차렸을 때 소년은 광명원보다 한참 더 높은 대덕산 자락의 산길을 걷고 있었다.

해는 없었지만 아직 어둡지는 않았다. 그러나 배는 고팠다. 배고픔과 함께 수류탄 파편이 아버지의 머리에 박힐 때처럼 소년의 머릿속에 순간적으로 스며드는 생각……!

"아이 씨! 내일부터 착해질걸! 형이 준 눈물 젖은 돈을 돌려주지 말고, 오늘은 마지막으로 실컷 놀걸!"

조용한 눈물

큰누나는 장녀, 형은 장남, 소년은 고집 쎈 막내, 그리고 작은누나는 천사였다. 작은누나는 항상 조용했다. 그리고 남의 말에 귀 기울일 줄 알았다.

집의 경제가 아주 어려워진 어느 날, 소년이 중학교 이 학년, 작은누나가 중학교 삼 학년일 때의 일이다. 어머니와 누나가 좁은 부엌에서 너무나도 진지하게 대화를 나누고 있었다. 어머니는 작은누나에게 집안 형편이 어려우니 인문계 고등학교에 가지 말고 여상에 가라고 설득하고 있었다. 작은누나는 '경북여고를 가고 싶고 대학은 경북대학교를 갈 것이니 학비걱정은 말라'는 것이었다. 그다음 어머니의 말은 경북대학교에 가더라도 최소한의 학비는 들어가니 부담스럽다는 것이었다. 긴 침묵이 흐른다. 뚜렷한 결론 없이 대화는 끝났다. 조용히 방으로 들어간 작은누나는 소리 없이 울었다.

소년은 작은누나의 울음소리를 한 번도 들은 적이 없었다. 그러나

가끔 눈물은 보았다. 미소는 많이 봤으나 큰 웃음소리를 들은 적은 별로 없었다.

소년이 약속을 어기고 포도 한 알을 주지 않았을 때도 소년에게 피식 미소 지었던 작은누나가 그날은 눈물을 뚝뚝 흘리며 울었다.

그놈의 돈이 뭔지!

소리 없는 눈물은 소리와 영혼조차 눈물로 녹아들어 더 진해진다. 그래서 끈끈해진 그 눈물은 흐르기 전에 약간의 자국만 남기고 증발해 버린다. 그래도 증발되지 않고 버텼던 눈물들이 모여 한 방울의 핏방울이 되어 떨어진다.

작은누나는 그런 눈물을 많이 흘렸다.

작은누나가 소년보다 한 살 위이지만 몇 살 위인 것처럼 보이는 이유는, 힘든 세월의 무게를 쉽게 눈물로 날려버리지 않고 눈물을 자신의 영혼 속으로 한 방울 한 방울씩 떨어뜨려 모았기 때문이 아닐까!

소년에게 포도 한 알을 양보했던 작은누나는 대학진학 문제만은 끝끝내 양보하지 않았고 결국 경북대학교에 입학했다.

작은누나는 어머니의 말을 듣지 않는 착하지 않은 딸이었다!

장휘종의 아버지

소년이 초등학교 사 학년 말 광명원을 떠나 봉덕교회 맞은편으로 이사한 후, 어머니는 더 이상 광명원의 밭을 가꿀 수 없었다.

언제부터인가 소년 또래인 장휘종의 식구들이 같은 교회를 다녔으나, 휘종이 아버지만은 교회에 다니지 않았다.

휘종이도 얼굴에는 부티가 좌르르르 흘렀고, 그 집 식구 모두가 번지르르한 옷에 얼굴에는 기름기가 촬촬 흐르는 영락없는 부자였다.

휘종이의 엄마가 봉덕제일교회에 다니는 여러 사람들에게서 돈을 빌렸다. 휘종이의 아버지는 경찰이었으나 버스회사도 운영하였다. 회사에서 버스를 몇 대 더 사는 데 돈이 필요하고, 수익이 오르면 곧 이자를 듬뿍 쳐서 준다고 했다.

소년의 가족도 그들에게 꿈이 자랐던 광명원의 밭을 판 이십만 원을 휘종이 아버지에게 빌려줬다. 다른 몇 집도 일부러 돈을 마련해서 빌려줬다.

시간이 지났다. 자갈이 깔려 있는 넓은 마당과 그 마당에 연못과 정원도 있는 큰 집에 사는 휘종이의 아버지는 돈을 돌려주지 않았다.

큰누나가 고등학교 삼 학년, 소년이 초등학교 육 학년일 때부터 아버지는 소년과 함께 휘종이집을 찾아갔다. 세 번 가면 휘종이 아버지를 한 번 정도 볼 수 있었다. 어떤 때는 아예 문도 열어주지 않았다. 집안 형편이 아주 안 좋았던 소년이 이 학년이 될 때까지 휘종이의 집 방문은 계속되었다. 그러나 차용증 한 장 없는 아버지는 휘종이 아버지로부터 "법대로 하라"는 싸늘하고 모진 말 외에는 더 이상 들은 말이 없었다.

아버지는 인간적으로 호소하는 것 외에는 아무런 방법이 없었다.

어느 날 의도적으로 피하는 휘종이 아버지를 만나기 위해 소년의 아버지는 오후 세 시쯤 불시에 휘종이의 집을 찾아갔다. 휘종이 아버지가 집에 있었다. 아버지의 인간적인 부탁이 있었으나 휘종이 아버지는 계속 오리발만 내밀었다. 저녁 시간이 되었다. 휘종이 아버지의 밥상이 들어왔다. 소년의 집에서는 감히 볼 수 없는 반찬들이 밥상에 가득했다. 텔레비전에서나 볼 수 있는 진수성찬이었다. 소년과 아버지를 앞에 두고 휘종이 아버지는 잘도 먹었다. 밤 아홉 시가 넘어서 집으로 돌아오는 길에 아버지와 소년이 얻은 것은 배에서 나는 꼬르륵 소리뿐이었다.

니체는 참 똑똑했다. 니체의 말대로 신은 죽었다. 그리고 그 못된 놈 잡아갈 잡귀신까지도 다 죽어버렸다.

니체는 신이 죽은 것을 어떻게 알았을까? 혹시 〈선데이서울〉에 기사가 났던 모양이지?

원수를 사랑하라고? 절대로 사랑할 수 없다.

오히려 신이 원수를 사랑하지 못하는 불쌍한 자를 사랑해야지!

아니면 아예 인간들에게 "모든 것을 체념하고 바보처럼 살아라"라고 하든지!

복잡한 질문을 하면 잘 피하면서 정작 자신들이 필요할 때 가장 복잡한 말을 하시는 분이 신이 아닌가!

소년은 휘종이 아버지를 죽여버리고 싶었으나 못 죽였다.

왜냐하면 보통 지옥에 가면 핫도그와 라면땅을 십팔 일 동안은 못 먹지만 이틀은 먹을 수는 있는데, 혹시 휘종이 아버지를 죽이면 핫도그와 라면땅을 십구 일 동안 못 먹고 단 하루만 먹게 될까 봐!

혹시 소년이 잘못 생각한 것은 아닐까?

휘종이의 아버지는 원수가 아니고 벌레였을 수도 있는데?!

신은 세상을 벌레 같은 놈들이 결국 욕심으로 인하여 언젠가는 자신 스스로를 짓밟게 만들어 놓았다. 그러나 신의 실수는 크다. 그 벌레 같은 놈이 너무나 많은 착한 사람을 짓밟은 후 그 놈이 죽을 때쯤 벌한다는 것이다.

그러면서 신은 젊잖게 말한다.

"벌레 같은 놈들은 자기 자신도 모르는 죄악에 빠질 수 있다."

그렇다 치자.

그럼 자신을 잘 아는 사람이 이 세상에 몇이나 있을까?

슬픔으로 얻은 선물

중학교 이 학년 이 학기가 되자 소년은 약간 마음을 가다듬었다. 경북고등학교에 입학하려면 이제 공부를 시작해야 된다는 것을 알았다. 그리고 서서히 공부에 시동을 걸었다. 경북고에 진학하려면 최소 전교 이십 등 안에는 들어야 했다. 그 당시 소년의 전교 등수는 백 등 밖이었다.

소년은 축구도 좀 줄이고 여러 가지 노는 것들도 조금씩 줄여갔다. 그럴수록 성적은 조금씩 올라갔다. 친한 친구 경식이가 약간 섭섭해 했지만, 소년은 목표를 정하면 열심히 목표만을 바라보는 성격이었다. 아버지가 성경공부하듯이 말이다.

시간이 흐르며 소년의 등수는 많이 올라 전교 사십 등 안에 들 정도가 되었다. 그즈음 문교부의 발표가 있었다. '서울에 이어 대구에서도 고등학교가 평준화된다'는 것이었다.

한편으로는 섭섭했고 한편으로는 기뻤다. 또다시 소년에게 약간의 여유를 즐길 수 있는 시간이 주어지지 않았는가!

문교부는 소년에게 잠시의 행복을 주었다. 그러나 원호처*는 소년을 화나게 했다.

고등학교 입시원서를 작성하기 몇 주 전, 몇 명이 수업시간에 불려 나갔다(의외로 그 시절 항상 얼굴에 스킨을 바르고 향수를 뿌리고 다니던 이종원도 그 자리에 있었는데, 직장도 다니고 운동도 즐겨하는 종원이 아버지는 발에 작은 파편이 박혔었단다). 그리고 버스를 타고 대구원호처 교육과로 가라는 지시가 있었다. 소년과 아이들은 중요한 일인 줄 알고 버스를 타고 원호처로 갔다. 수업 중에 불려 나와 먼 길을 온 아이들을 한 시간 이상 기다리게 해놓고, 늦게서야 나타난 공무원이 말했다.

"야! 니들 어지간하면 인문계 가지 말고, 공고나 상고에 가래이!"

"나라에 돈도 없는 데다가 니들 뭐 공부도 잘 못하잖아! 공부해봤자 뭐하겠노! 위에서 가급적이면 상고, 공고, 농고에 많이 보내라는 지시가 내려왔으이께, 니들이 날 좀 도와줘야겠다! 야! 너는 공고 갈 꺼지! 니는 상고 갈 꺼지!"라며 협박조로 인격 모독까지 하였다. 공업고등학교나 상업고등학교, 농업고등학교는 그 길에 뜻이 있는 사람들에게 얼마나 소중한 길인데! 공무원은 막말을 쏟아붓고 있었다.

초등학교 육 학년 때 "칸닝구를 하지 맙시다"라고 했다가 한 번 홍역을 치른 적이 있는 소년이 나섰다. 지 버릇 개 못 주는 모양이었다.

"사회 시간에 저는 이렇게 배웠습니다. 대한민국은 자유민주국가이며 모든 국민은 남에게 피해를 끼치지 않는 한 선택을 할 수 있는 자유가 있다고 배웠습니다. 지금 수업시간 중이니 우리를 빨리 돌려보내 주십시

---

* 중앙 행정기관의 하나인 '국가 보훈처'의 전 이름.

오. 안 그러면 고소하겠습니다. 그리고 나는 죽어도 인문계에 갑니데!"

고개를 숙이고 땅바닥을 보며 소년이 말했다. 소년의 강력한 말을 들은 공무원은 상당히 당황했다. 그리고 소년의 이름을 물었다. 그리고 밖으로 나갔다. 약간의 시간이 흐른 후 소년의 가족에 대한 자료를 본 듯한 그 공무원은 조용히 소년만 사무실 밖으로 불러내었다.

"됐다. 니는 가라!"

다른 몇 명의 애들을 두고 혼자 원호청 현관문을 나설 때 맑은 가을 하늘의 눈부신 햇살은 눈을 찡그리게 했다. 그 햇살은 마음 깊은 곳에서 욱! 하며 이미 눈가에 엷게 깔린 눈물의 핑계가 되어 주었고, 또한 살짝 나오려고 하던 눈물을 다시 집어넣는 시간을 벌어주었다.

햇빛을 피한 척 고개를 든 후 한숨 한 번 크게 쉬고 원호청의 대문을 힘차게 걸어 나왔다. 그리고 다른 애들을 남겨 두고 홀로 버스를 타고 학교로 돌아왔다.

멍한 머리통을 덜커덩거리는 차창에 댄 채로 멍하니 밖을 바라보았다. 차창 밖의 길에는 단 한 명의 학생도 보이질 않았다. 공부가 싫든 좋든 모든 학생은 학교에서 수업할 시간이었으니까!

소년은 저녁에 집에 가서 간정이나 느낌은 더 빼버리고, 그 공무원에게 말했던 사실만 어머니에게 말했다. 어머니는 용기를 주었다.

"그래 잘했다. 사내자석이 그래야지."

그러는 와중에 가을은 무르익어 가고 있었다.

소년이 이 학년 때 학교 담장 위로 별로 화려하지도 않고 예쁘지도 않은, 단풍이라기보다는 낙엽이 되기 전의 누런색을 띤 가로수와 그 위를 떠다니는 평범한 구름의 모습을 미술시간에 그렸을 때 미술 선생님은 상당히 많은 시간을 소년 옆에 서 있었다. 한 시간 내에 그림을 완성하려고, 흰색 물감을 절대로 사용하지 말라는 명령을 어기고 잿빛 담장을 그리는 데 흰색을 사용했다. 그래도 선생님은 "응, 흰색을 사용할 이유가 있었네"라고 이해해 주셨다.

소년은 이미 중학교 삼 학년이 되었지만 풍경화를 그리고 싶은 그런 가을에 슬프고도 기쁜 소식을 들었다.
큰누나의 결혼식 날짜가 잡혔다는 것이다!

큰누나가 소년에 대해 기억하는 것이 열이라면 소년이 큰누나에 대해 기억하는 것은 하나도 되지 않는다.
큰누나는 애기인 소년을 업고 벼메뚜기를 잡았다. 메뚜기를 업고 있는 메뚜기를 한꺼번에 잡으려고 점프를 하다 소년의 머리가 논바닥에 처박혔다는 사실도 큰누나와 식구들의 입을 통하여 들었다.
어머니가 아버지와 함께 외출했을 때 어머니를 찾으며 마구 울었던 소년을 달래다 지쳐 큰누나도 같이 울었다는 것도 기억하지 못한다.
동생을 업고 빨랫줄에 널린 빨래를 정리하다가 너무 힘들어 소년을 놓쳤는데 그때 땅에 떨어진 동생의 머리에 피가 난 것도 기억하지 못한다.
큰누나가 초등학교 사 학년 때 비가 내려 방천의 돌다리가 잠겼고, 굳이 마다하는 삼 학년이었던 형을 동생이랍시고 업고 건너다 넘어져

버렸다는 사실도 들어서 알고 있었다.

그러나 소년은 기억한다.

매섭게 차가운 바람이 불어대는 추운 겨울, 교회에서 깜깜한 저녁에 집으로 돌아오는 길에 큰누나가 장갑 낀 양손으로 소년의 입을 가려 주었다. 그래서 입술은 다른 곳과 달리 얼지 않고 얼굴 또한 따듯했었다. 얼지 않던 따듯한 입술은 장갑 사이로 큰누나에게 요런조런 말을 조잘댔었다. 누나는 그저 "응! 그래!"라는 대답과 가끔 "이야!"라는 감탄사만 내뱉었다. 소년은 누나의 따듯함이 좋고 편했지만 정작 누나의 입술은 추위에 얼어 있었기 때문이다. 그 기억이 머릿속에 있는 큰누나의 첫 모습이었다.

장녀로서의 책임감이 강했던 큰누나는 집안의 분위기를 밝고 아기자기하게 이끌었다. "하얀 보자기에 싸여 물에 동동 떠내려가는 게 뭐게?"라는 명수수께끼를 소년에게서 끄집어내기도 했었다. 동식물들이 자라나는 신비를 숨죽이며 함께 손잡고 지켜보기도 했다. 그러나 무엇보다도 소년을 인정해주고 사랑으로 이해해줬다. 그리고 어머니가 없을 때는 어린 소년의 어머니였다.

사춘기를 겪으며 머리가 커져버린 막내아 아직도 막내른 아이라고 생각하는 큰누나와의 충돌은 당연한 것이었다. 그래서 사춘기가 시작된 후 소년과 큰누나는 잦은 충돌이 있었다.

어머니는 마음속으로 눈물을 흘리는 침묵의 기도로 소년을 이끌어주었지만, 어머니와 같이 많은 눈물을 흘려보지 않았던 큰누나는 사춘

기를 겪고 있는 소년을 온전히 감싸 안아주기가 힘들었을 것이다. 그리고 소년도 보통 고집은 아니었다.

결혼식이 있기 며칠 전 큰누나와 매형 그리고 소년은 대구의 중심가인 동성로에 결혼에 필요한 물건을 사러 갔다. 누나의 핑계였을 수도 있다. 막내에게 맛있는 것을 마지막으로 사 주고 싶었을 수도 있다. 그러나 소년은 어느 가게에 들렀는지 무엇을 샀는지 무엇을 먹었는지 아무런 기억이 없다. 오로지 기억하는 것은 정체 모를 슬픈 선율뿐이었다.

두 시간 이상 소년의 발걸음은 습관적으로 매형과 큰누나를 따라다녔지만, 머릿속에는 누나를 떠나보내는 슬픈 선율이(한 번도 들어본 적이 없는) 그치지 않고 계속 머릿속을 휘저으며, 그 외의 모든 일과 사건들을 머리에서 지워버렸다.

어릴 때 어머니가 "순교야, 이리 와 봐라. 이 나물무침에 뭐가 빠졌노? 이상하게 맛이 안 나네" 하면, 소년은 그 나물을 먹어본 후 "아이 엄마, 마늘이 빠졌잖나! 그리고 식초도 쬐금만 더 넣으면 좋겠는데!"라고 했다. 어머니는 "아이고! 내가 왜 마늘을 잊어버렸지!"라며 소년의 귀신 같은 입맛을 칭찬하곤 했다.

그러나 소년이 요리사의 꿈이 있는 것은 아니었다.

초등학교 때는 장래 희망 조사에서 끝까지 손을 들지 못했었다.

그리고 중학교 이 학년 때, 신은 배상환을 통하여 소년에게 성악가의 꿈을 포기시키는 축복의 계시를 내려주셨다.

공부를 좀 해보려 하였으나 고등학교 입시제도가 연합고사로 바뀌어버렸다. 소년이 계속 일반적인 공부를 했더라면, 건축가 혹은 응용물리학자가 되었을 것이다. 그랬다면 대한민국에 무너지는 건물이 더 많았겠지? 그리고 폭발 사고도 더 많았겠지?

미운 정 고운 정이 들 대로 든 큰누나가 곁을 떠난다는 사실은 마음에 큰 슬픔을 안겨 주었다.

정든 사람과 이별을 앞둔 슬픔은 마음속에 깊이 가라앉아 있었던 응어리를 슬픈 선율로 한 가닥씩 뽑아 올려 허공에 뿌렸다. 아직 바람이 불면 흩어져버릴 약하고 가느다란 연기 같은 선율이었지만 말이다.

그 약하고 가느다란 선율들이 모여 소년의 꿈이 되었다.

드디어 소년은 꿈을 찾은 것이었다!

바로 '작곡가'였다.

비록 초등학교 장래 희망 조사 때에는 항목에 없었던 직업이지만 말이다.

가을은 큰누나에게는 결혼을!

소년에게는 작곡가의 꿈을 선물해 주었다.

그해 가을은 분명 결실의 계절이었다.

원호청의 공무원 때문에 하마터면 농고에 가서 '잡곡'을 전공할 뻔했었지?!

행운의 악대부

중학교 삼 학년이 끝나갈 무렵 소년은 작곡을 하기로 결심했다. 그리고 어머니에게 그 사실을 말했다.

"그런 거 할라카먼 돈 마이 드는 거 아이가?"

어머니는 그렇게 간단히 말했다. 아마도 불가능한 현실이니 소년이 알아서 그 생각을 정리할 것이라고 여겼을 것이다. 그러나 소년은 작곡 공부를 홀로 시작하였다.

집에 있었던 한국가곡집과 세계가곡선집을 보며 노래했다.

아는 곡은 알기 때문에 불렀다. 모르는 곡은 모르기 때문에 불렀다. 무조건 불렀다.

소년은 고등학교 추첨에서 영남고등학교에 배치되었다.

고등학교에 입학했다. 일 학년 삼 반이었고 담임선생님은 음악을 담당하는 지문현 선생님이었다. 지문현 선생님은 악대부 지도교사이기도 했다. 입학 후 며칠이 지났다.

점심시간에 선배들이 시화반, 미술반, 연극반, 악대부 등의 동아리에 가입을 종용하며 돌아다녔다. 조금의 망설임도 없이 바로 그날 학교를 마치고 악대부에 들어갔다.

"저는 일 학년 삼 반 이순교입니다. 저는 작곡을 하고 싶어서 악대부에 들어왔습니다."

소년은 트럼펫을 선택했다.

합주 시간이 되었다. 그 비좁은 콘크리트 벽의 연습실에 금관악기들이 힘차게 울려 퍼졌다. 소리가 아주 컸다. 귀가 아팠다. 그러나 황홀한 금관악기의 울림에 마음이 더 아름답게 아팠다.

승호 형의 화려한 플롯, 진태 형의 그윽하고도 아름다운 클라리넷, 순창 형의 반짝이는 트럼펫, 상대 형과 인섭 형의 중후한 트롬본, 재석 형의 무게 있는 튜바 등, 소리가 화음을 이루어 울려 퍼지는 그 강력한 소리는 너무나 아름다웠다. 소년은 행복했다.

소년은 악대부에 들어간 사실을 어머니에게 말했다. 그리고 그때부터 가족과 전쟁이 시작되었다.

사업에 돈을 투자했다가 돈을 다 날리고 빚까지 진 집안 형편에 작곡이 웬 말이냐?

국가에서 나오는 쥐꼬리만큼의 월급도 일부는 이자를 갚는 데 써야 할 지경인데 작곡이 웬 말이냐?

돈이 없어 형도 학교를 그만두고 군대에 갈 수밖에 없는 상황에서 작곡이 웬 말이냐?

설령 대학에 들어갔다고 쳐도 그다음에 어떻게 먹고살거냐?

아버지는 나라에 두 눈과 한쪽 팔을 바치고도 밥은 먹고살지만, 작곡가는 굶어 죽는다는 말 못 들었냐?

어머니, 아버지, 큰누나, 매형, 말 잘하는 형의 친구, 친척 돌식이 아저씨 등 수많은 사람들이 소년이 작곡을 포기하도록 설득했고 그 설득은 고등학교 이 학년 말까지 계속되었다.

그 많은 말들에 대해 소년은 단순하게 대답했다.

"나는 독학하겠다. 그리고 모든 책임은 내가 지겠다."

그런 소년에게 악대부는 음악과 자신을 연결시켜 주는 소중한 그 무엇이었다.

악장이며 자신에게 충실하고 행동이 아주 빠릿빠릿하고 앗쌀한 성격을 가진, 플롯을 전공하던 승호 형이 말했다.

"주위에 보니까 작곡하는 애들이 피아노를 치더라. 니 피아노는 치나? 그리고 작곡할라면 음악도 많이 들어야 된다 카더라!"

소년은 작곡하려면 피아노를 쳐야 한다는 사실을 처음 알았다. 그러나 가난한 집안 형편 때문에 피아노를 칠 수 없었다.

슬슬 눈치를 봐가며 어머니에게 "작곡을 하려면 피아노를 쳐야 된다 카던데!"라고 한마디를 했다가, 작곡은 집안 형편에 도저히 불가능하다는 등의 말만 수백 마디를 들었다.

어떤 날은 "엄마, 우리 친척 중에 피아노 있는 친척 있나?"라고 물었다가도 역시 작곡을 하지 말라는 말만 들었다. 그래서 피아노를 못 치는 대신 트럼펫이라도 열심히 불어야겠다는 생각에 이 학년 선배의 지도로 열심히 트럼펫에 열정과 울분을 불어넣었다.

그리고 토요일 수업이 끝나면 소년은 중앙통 골목에 있는 '녹향' 음악감상실에 갔다. 이삼 일의 단팥빵 값을 모아 감상실의 입장료를 냈다. 조용한 연인들이 와서 차를 한 잔 마시며 서로 귓속말로 소곤대는 곳이었다. 소년이 혼자 가도 주인은 조청의 단맛 나는 차 한 잔을 소년 앞에 놓고 음악이론 책에서 본 작곡가의 대표 작품이 쫙 적힌 메모지를 가져갔다. 손님이 없을 경우 메모지에 적은 작품을 모두 들을 수 있었다. 그러나 중간에 손님이 와서 다른 음악을 신청하면 소년이 신청했던 음악은 당연히 그다음에 들을 수 있었다. 그래서 순서 없이 열심히만 음악을 들었던 소년은 정확한 곡 제목과 작곡가를 잘 알지는 못했다.

음악을 듣는 것은 소년에게 큰 행복을 주었다.

그러나 음악감상실 사장님께 하고 싶은 말은 있었다.

"사장님. 저는 점심도 못 먹고 차비를 아끼느라 사십 분 이상 걸어왔습니다. 다른 사람에게는 말고 저에게는 물엿 맛 나는 차 대신 단팥빵을 주시면 안 되겠습니꺼!"

튜바를 전공하며 얼굴이 안소니 퀸을 닮았고, 마음씨 좋은 옆집 아저씨처럼 생긴 재석 형이 말해 주었다.

"니 작곡 할라카면 화성학을 공부해야 된데이."

"화성학공부를 할라카먼 어떡해야 됩니꺼?"

"서점에 가서 화성학 책을 사서 봐야지."

"예, 알겠심더. 고맙심더!"

소년은 며칠 동안 단팥빵을 사 먹지 않고 모은 돈을 주머니에 넣고 버스를 탄 뒤 헌책방 골목을 갔다. 화성학 책은 무척 귀했다. 아주 많은 책방을 돌아다니다 거의 마지막 책방에서 옛날 화성학 책 한 권을 발견할 수 있었다. 누렇게 변한 그 책을 받아들며 소년은 너무나 행복했다. 빨리 집에 가서 책을 보며 공부하고 싶었다. 그 책은 일본 책을 번역한 듯 보였는데 조사 외에는 거의 한문으로 쓰여 있어서 읽기가 힘들었으나 그 정도는 아무런 문제가 되지 않았다. 한글로 된 책이었으면 십분 걸릴 것을 한 시간 이상 걸려도 마냥 신기하고 즐거웠다. 소년은 화성학공부를 하면서 머리에 떠오르는 선율을 적는 정도의 작곡공부를 혼자 했다. 그래도 행복했다.

일 학년 말쯤 재석 형이, 잘 알고 지내는 계명대학교를 수석으로 졸업한 정덕관 선생님을 소개시켜 주었다. 소년에게는 몇 차례 무료로 궁금한 점을 질문할 수 있는 기회가 주어졌다.

클래식 기타를 수준급으로 연주하는 정덕관 선생님은 기타 교실을 가지고 있었다. 그 기타 교실에서 톱밥난로의 열기를 받으며 소년은 선생님께 화성과 작곡에 관하여 질문했다. 선생님의 친절한 대답과 함께한 그 시간은 너무나도 짧았지만 너무나도 소중한 시간이었다. 정덕관 선생님은 소년을 더 봐주고 싶어하셨지만 교직을 이수하셨던 선생님은 음악 교사로 발령 난 곳이 포항이라 대구를 떠날 수밖에 없었다. 그리고 그 짧은 만남은 끝이 났다. 그러나 소년은 영원히 고마운 이름 석 자 정덕관을 잊지 못할 것이다.

승호 형과 재석 형은 고등학교 졸업 후 재수를 했다.

소년이 고등학교 이 학년 겨울방학이 끝나고 학교에 갔다. 교문 위에 커다란 플래카드가 걸려 있었다.

이승호 플롯, 김재석 튜바 서울대 합격!

소년은 고마운 형들의 합격을 진심으로 축하했다.

삼월 초 소년은 삼 학년 삼 반에 배치되었다.

첫날 번호를 정하느라 반 아이들 모두 복도에 나와 키대로 줄을 섰다. 육십여 명 중에 소년은 거의 중간이었다. 소년은 아무런 생각 없이 키에 맞추어 줄 서 있었다. 소년 앞에 섰던 친구가 자리를 바꿔달라고 했다. 소년은 바꿔 주었다.

선생님이 숫자를 세기 시작하자 그 친구는 또다시 자리를 바꿔달라고 했다. 소년은 자리를 바꿔 주었다. 선생님이 좀 더 가까이 다가오자 그 친구는 또 자리를 바꿔달라고 했다. 소년은 자리를 기꺼이 바꿔주었다.

선생님이 세는 숫자가 바로 앞까지 왔을 때 한 번 더 그 친구에게 자리를 바꾸어 주었다. 그래서 소년은 삼십이 번이 되었고 그 친구는 삼 학년 삼 반 삼십삼 번이 되었다. 그 친구는 무척 고마워했지만 소년은 별로 상관하지 않았다.

그러나 선생님이 모든 아이들의 번호를 다 불러갈 무렵, 키가 크지 않은 한 학생이 화장실에 갔다가 돌아왔다.

"십일 번부터 일을 더한다. 알겠나?"

선생님의 말씀에 소년은 갑자기 삼십삼 번이 되어버렸다.

삼 학년 삼 반 삽십삼 번!

별것은 아니었다.

그러나 왠지 모든 것이 잘될 것 같은 묘하고도 기분 좋은 느낌은 소년의 노력과 열정에 한 방울의 참기름과 같은 역할을 해주었다.

절규하는 손

일 학기 미술시간이었다.

과제는 연필로 손을 그리는 것이었다. 대부분의 학생들은 스케치북 위에 손가락을 벌린 손을 올려놓고 그 손을 따라 선을 그렸다.

손의 크기만 다른 것 외에는 똑같았다. 정확히는 두 그룹으로 나뉘었다. 손바닥을 그리는 그룹과 손등을 그리는 그룹이었다. 그리고 몇 명 약간 세련된 학생들은 가위를 한 손 모양을 그렸는데 역시 그 그룹도 두 개가 있었다. 손등이 보이는 가위를 그린 그룹과 손바닥이 보이는 가위냐를 그린 그룹이었다.

미술반인 한 학생은 가위를 그렸지만 엄지와 집게손가락이 아닌 집게손가락과 중지로 된 가위를 그렸다.

소년은 절규하는 손을 그렸다.

무엇을 잡으려는 손인지는 몰랐다.

큰 구덩이에 빠진 사람이 올라도 올라도 미끄러지는 흙벽을 잡는 손일 수도 있었다. 절망에 빠진 사람이 손 모아 기도하다 마지막 죽는 순간에 너무나 고통스러워 본능적으로 신이 죽어버린 허공을 향해 뻗은 손일 수도 있었다. 폭탄 파편에 맞아 팔이 떨어져 나갔지만 신경은 살아 있어 없는 데도 너무 아프다고 하는 손, 너무나 고통스러워도 주무를 수 없는 아버지의 떨어져 나간 손일 수도 있었다.

그리고 소년의 손일 수도 있었다.

두 시간에 걸쳐 정물화를 완성시켜야 했다. 대부분의 학생들은 금방 그림을 완성하고 놀기에 바빴다. 소년은 너무나 열심히 그렸음에도 불구하고, 거의 두 시간이 꽉 찼을 때에야 겨우 완성할 수 있었다. 그리고 그림을 제출했다.

며칠이 지난 후 점심시간에 미술 선생님이 부른다는 연락을 받고 미술실로 찾아갔다. 미술 선생님이 말씀하셨다.

"니 미술 해볼 생각 없나?"

바로 대답했다.

"언지예 저는 작곡할라꼬 지금 악대부 하고 있심더."

"아, 그래?"

미술 선생님은 아쉬워하며 소년을 돌려보냈다.

정신과전문의가 '절규하는 손'을 봤다면 소년을 어떻게 생각했을지 궁금하다.

공포의 악대부

악대부가 너무나도 소중했던 소년은 점심을 빨리 먹고 조금이라도 더 트럼펫을 불기 위하여 악대부로 달려갔다. 그러나 소년을 기다리는 것은 "야! 물 떠 와!"라는 수동이 형 혹은 종렬이 형의 명령이었다. 일주일 정도 그 일이 반복되었다.

개도 일주일이면 '악대부 연습실에 먼저 가봤자 물 떠 오는 심부름을 하게 되며, 수돗가에서 줄을 섰다 물을 받아 가면 늦게 악대부에 도착한 다른 애들은 이미 연습을 하고 있다'는 사실을 알 수 있을 것이다. 소년은 일주일 정도만 빨리 가면 물 떠 오는 심부름에서 열외를 시켜줄 것이라 기대했다. 그러나 수동이 형과 종렬이 형은 아이큐가 낮았던 것 같았다. 악대부 생활을 한 거의 일 년 내내 소년은 연습실에 가장 먼저 도착했고 수동이 형의 "야! 물 떠 와!"라는 말을 들었다.

소년에게 악대부가 너무나도 소중했기에 일부러 바보가 되어주었을 뿐이었다. 수동이 형이 소년을 '멍청한 놈'으로 생각만 안 해줘도 다행이었다. 그러나 가끔 상대 형이 연습실에서 함께 밥을 먹고 있을 때는 수동이 형이 "야! 물 떠 와!"라고 해도 상대 형이 "야! 순교는 시키지 마라"는 말과 함께 소년은 남들보다 좀 더 일찍 개인 연습을 할 수 있었다. 그러나 상대 형이 없으면 또 물을 떠다 날라야 했다.

너무나 악대부를 사랑했기에 참 행복한 바보가 될 수 있었다.

악대부에는 악장인 플롯의 승호 형과 튜바의 재석이 형 외에도 많은 좋은 선배들이 있었다.

상대 형은 트롬본을 아주 잘 불어서 계명대학교나 영남대학교에서 많은 연주 부탁이 들어올 정도였다. 키는 크지 않았지만 상당히 무게 있고 카리스마가 넘쳤다. 같은 삼 학년인 수동이 형과 횡렬이 형이 쓸데없이 후배들을 괴롭힐 때 "야! 후배들 괴롭히지 마라"라고 하면, 미쳐 날뛰던 수동이 형과 횡렬이 형도 상대 형에게는 꼼짝 못하고 꼬리를 내렸다. 그래서 후배들은 상대 형을 좋아했고 신사라고 불렀다.

색소폰을 불던 정렬이 형은 얼굴이 잘생겨 여학생들에게 인기가 많았다. 합주가 끝나기가 무섭게 친구들과 후배들에게 웃음을 한 번 씩 던지고는 어디론가 휙 사라져버렸다.

드럼을 치던 석희 형은 얼굴이 웬만한 여자보다 더 귀엽고 예뻐서 주위의 여학교에서도 유명할 정도였다. 그래서 학교에서는 석희 형의 얼굴을 보기가 힘들었다. 후배들에게는 항상 친절했다.

순창이 형은 과묵했으며 묵묵히 연습에 열중했고 트럼펫을 아주 잘 불었다. 순창이 형의 트럼펫 소리를 들으면 기분이 좋아졌다.

진태 형은 중학교 때 핸드볼 선수로 활동해서 핸드볼을 잘했으며 눈

웃음이 아주 귀엽고 후배들에게 친구같이 다정다감했다. 여자 핸드볼 선수와 미팅까지 시켜줄 정도로 후배들을 사랑했다. 그는 클라리넷을 감미롭게 잘 불었다.

인섭이 형은 키는 작지만 다부지고 의리 있었으며 후배들을 잘 보살펴 주고 트롬본을 잘 불었다. 그러나 대학은 소년의 일 년 후배가 되었다.

그러나 좋지 않은 선배도 있었다.

대부분의 선배들은 자신의 전공에 대한 정열과 실력에 대해 후배들을 사랑해줌으로써 후배들의 존경을 받았다(미남인 정렬이 형과 예쁜 석희 형은 존경보다는 부러움의 대상이었지만!).

그러나 수동이 형과 횡렬이 형만은 그렇지 않았다. 악기 솜씨도 그저 그렇고 품행도 별로인 횡렬이 형은 합주연습 후에 후배들을 자주 집합 시켰다. 그러고는 아무리 집중해도 못 알아들을 긴 설교를 하였다. 요는 '군기가 빠졌다, 자신을 무시한다, 인사를 잘 안 한다'는 것이었다. 그 간단한 말을 하는 데 이삼십 분이 걸렸고, 그후에는 꼭 구타가 따랐다. 횡렬이 형이 마음껏 후배들을 구타하고 담배 피우러 나가면 수동이 형의 차례가 되었다.

횡렬이 형의 설교와 구타를 옆에서 지켜보았던 수동이 형도 똑같은 순서를 밟았다. 그러나 후배들을 노리갯감으로 생각했던 수동이 형은 더 비열했고 악랄했다. 횡렬이 형은 육체적인 고통을 강하게 준 반면, 수동이 형은 육체적인 고통과 정신적인 고통을 함께 주었다. 횡렬이 형은 화를 내는 척하며 때렸고, 수동이형은 웃으며 때렸다. 그렇게 수동이 형과 횡렬이 형은 후배들을 대상으로 영웅 경쟁을 치열하게 하였다.

날씨가 아주 추웠던 겨울 어느 날이었다.

악대부 합주연습이 끝났다. 밖은 어두컴컴했다. 그날 수동이 형과 횡렬이 형이 후배들을 집합시켰다. 그리고 그들은 영웅 경쟁을 시작했다.

나무 몽둥이로 후배들의 어깨를 뼈가 부러지지 않는 선에서 최대한 세게 내리쳤다. 이 학년 학생부터 시작해서 일 학년 학생까지 한 바퀴를 돌았다. 주저앉을 정도로 아팠다.

그다음에는 주먹으로 아구통을 날렸다. 다시 한 바퀴를 돌았다. 신음소리와 한숨소리가 사라지며 횡렬이 형의 축제는 끝이 났다.

그러고는 수동이 형의 축제가 시작되었다.

몽둥이로 한 바퀴 돌았다. 신음소리가 크면 클수록 수동이 형은 더욱더 힘이 넘쳤다.

주먹으로 아구통을 때리는 순서였다.

소년이 맞을 순서가 되었다. 수동이의 주먹이 얼굴로 날아오자 복싱이 취미였던 소년은 본능적으로 왼손을 뺨으로 올렸다. 그 순간 "어, 이 것 봐라!"라는 말과 함께 왼주먹이 완전 무방비 상태인 소년의 명치를 강타했다.

소년은 픽 쓰러졌다. 이미 오래전에 난로가 꺼진 연습실 바닥의 차가움은 오히려 시원하게 느껴졌다.

숨을 쉬고 싶었으나 숨을 쉴 수가 없었다.

'아! 숨을 쉬고 싶은데 숨이 쉬어지질 않는다. 죽는 것이 바로 이런 것 이구나.'

소년은 옆의 친구에게 절규의 손을 뻗쳤다. 그러나 아무도 소년을 도와줄 수는 없었다. 한참 시간이 흐른 후에서야 겨우 숨을 쉴 수 있었다. 이제 괜찮은가 싶다가 조금 있으면 또 숨쉬기가 힘들어지는 현상이 계속되자 소년은 병원으로 실려 갔다. 병원에 가서도 교육 받은 대로 넘어졌다고 말했다. 주사를 맞고 시간이 지나 겨우 정상적으로 호흡할 수 있었다.

소년은 어지간한 남자들 세상의 이야기를 집에서 하지 않는다. 그러나 소년은 그 사실을 어머니에게 말했다. 다음 날 어머니가 학교에 찾아왔고 담임선생님과 대화 한 후 소년은 정든 악대부를 떠나게 되었다.

원래 소년은 이 학년 말까지 악대부 생활을 하고 삼 학년에 올라가면 악대부를 관두려 했었다.

소년이 사랑했던 악대부의 대부분 형들은 후배들을 사랑해주고 격려해주며 자신의 일에 충실한 조용한 영웅들이었다. 그러나 못난 두 졸장부들의 치졸한 영웅 경쟁 때문에 소년이 좋아했던 말 없는 영웅들과 빨리 헤어지게 되었다.

예비고사 하루 전 소년이 배치된 학교의 예비모임에 가서 운동장에 줄을 섰다.

옆에 서 있는 수동이를 보았다.

수동이는 소년을 모른 척했다.

소년도 수동이를 모른 척했다.

앞으로도 계속 모르는 척하겠지?

11월 1일

나는 11월 1일만 되면 왠지 눈물이 난다.

나의 생일은 두 가지이다. 음력으로는 12월 15일이고, 양력으로는 1월 25일이다. 생일은 잊고 지나가 버린 적도 많다.

그러나 나는 11월 1일이 되면 혼자 하늘을 향해 눈물 섞인 밝은 미소를 날린다. 그리고 두 팔을 하늘을 향해 힘껏 들어올린다. 희망을 향하여 들어올린 팔은 오래지 않아 내려온다. 그리고 또 긴 숨을 쉬며 피아노교습소의 현주 엄마가 머릿속에 떠오른다. 그리고 마지막으로 막걸리 한 잔을 비운다.

고등학교 일 학년.

시월 말에 어느 피아노교습소의 문을 두드렸다.

서울의 도림교회에서 부목사의 사모였던 누나가 이천 원을 보내주기로 약속했다. 그리고 교회의 개구쟁이 초등학생인 성용래와 이원수에게 일주일에 한 번 산수를 가르치며 한 달에 받는 돈 이천 원을 합치면 사천 원이 되었다.

그 당시 피아노교습소 한 달 비용은 사천 원이었다. 그래서 꿈에 그리던 피아노를 칠 수 있게 되었다.

일반 학생들은 거의 삼십 분 정도 피아노를 쳤다.

그러나 나는 연습 시간이 절대적으로 필요한 상황이었다. 그래서 악보는 내가 볼 수 있으니 나를 가르쳐 주실 필요는 없다, 대신 피아노를 칠 수 있는 시간을 두 시간으로 해달라고 부탁드렸다.

기다리고 기다리던 11월 1일의 아침이 밝았다. 아침에 일어나서 다른 날에는 하지 않을 수도 있었던 세수를 했다. 그리고 자칫하면 잊어버릴 수도 있는 칫솔질도 했다. 학교에서 돌아와서 밥을 먹고 가장 마지막에 배치된 피아노 연습 시간에 맞추어 집을 나섰다.

나는 잠 속에서 하늘을 나는 꿈을 많이 꾸었지만 현실에서 하늘을 난 적은 한 번도 없었다. 그렇다, 손오공이 아닌 다음에는 누가 감히 하늘을 날겠는가!

그런데 11월 1일, 그날은 걷기와 달리기를 좋아하는 내가 한 번도 걷거나 달린 기억이 없다.

나는 걷지도 달리지도 않고 부드러운 구름을 타고 피아노교습소의 문 앞에 살포시 내려앉았다. 문을 열지도 않았다. 문은 저절로 열렸다. 간절한 내 영혼의 힘으로 그 뻑뻑하던 문도 너무나 부드럽게 열었다.

오른손으로 건반을 눌렀다.

도레미.

도레미레도.

나는 힘들게 건반을 눌렀다. 피아노를 치기에는 이미 굳은 손가락들이 제대로 말을 듣지 않았다. 그러나 베토벤 피아노협주곡 5번 〈황제〉를 훌륭하게 연주하는 정명훈보다 더 행복했다.

자기가 원하는 것을 할 수 있는 것이 세상에서 가장 큰 행복이 아닌가!

현주 엄마

내가 피아노를 치기로 한 피아노교습소의 선생님이 현주 엄마이다.

나는 악보를 볼 수 있었기 때문에 피아노를 배우지 않고 그 대신 피아노를 두 시간 동안 치기로 했다. 현주 엄마는 학교 다닐 때 피아노를 전공하신 것이 아니고 테니스 선수였다고 했다. 전국체전에서 메달까지 땄다고 들었다. 남편은 원래 학교 선생님이었으나 교직을 그만두고 사업을 하다 실패를 하여, 현주 엄마는 잠깐 배운 피아노 경력을 바탕으로 피아노교실을 운영하게 된 것이었다.

피아노는 큰딸인 현주가 엄마보다 더 잘 쳤고, 현주보다는 동생인 현경이가 더 잘 쳤다. 현주 엄마는 분명히 피아노교습소의 선생님이었고 나도 선생님으로 불렀다. 그러나 그 분께 피아노를 배워본 적이 없어서 나의 피아노 선생님이라고 하기에는 뭔가 어색했다. 현주 아빠가 피아노 선생님을 부르실 때 '현주 엄마'라고 부르는 것을 많이 들었고, 나의 머릿속에도 '피아노 선생님은 현주 엄마다'라는 생각이 자리잡게 되었다. 그리고 그냥 피아노 선생님이라는 말로 그 분을 표현하기에는 많이 부족하다. '현주 엄마'는 잊지 못할 나의 은인이며 현주의 엄마이며 순교의 엄마 같은 분이 생략된 말이다.

피아노를 치기 위하여 내가 과외를 하던 초등학교 학생 중 성용래의 아버지는 공무원이셨고, 어머니도 공무원이셨다. 비교적 집안이 부유했고 대중음악을 좋아하시는 용래 아버지 때문에 집에는 전축이 있었다.

피아노를 시작한 지 두 달이 지난 어느 날 현주 엄마는 '도움이 될지 모르겠네? 혹시 듣고 싶으면 한 번 들어봐라'라고 말씀하시며 모차르트의 피아노소나타 전집을 내밀었다. '아입니더! 저는 집에 전축도 없고……'라고 말하려다 용래집에 전축이 있다는 사실을 떠올렸다. 그리고 "감사합니다"라고 말하며 그 전집판을 받았다. 과외도 없는 날인 다음 날 나는 용래집으로 갔다. 그리고 몇 시간에 걸쳐 내가 관심 있는 곡들을 들었다.

며칠 후 안 좋은 소식이 날아왔다. 전축의 바늘이 망가져서 화가 난 용래 아버지는 더 이상 나의 과외를 허락하지 않으셨다.

위기였다. 그러나 그 소식을 들은 큰누나가 사천 원을 보내주기로 하여 위기는 지나가는 듯했다. 나는 과외를 할 시간에 내 공부를 할 수 있어서 더 좋았다.

두 달이 잘 지나갔다. 그러나 두 달 후 큰누나가 돈을 보내지 않았다. 자형이 서울 도림교회의 전도사로 재직하고 있어 형편이 넉넉하지 않았던 큰누나가 아이를 출산하고 돈이 많이 들어 보내는 것이 늦어지는 모양이었다.

돈을 내야 할 하루가 그리고 또 며칠이 지나가 버렸다.

눈치가 보였다.

며칠 후 역시 형편이 말이 아니었던 현주 엄마가 말씀하셨다.

"순교야 혹시……"

나는 "예, 서울의 큰누나가 쪼끔만 있다가 보내준다 켔심더"라고 고개를 숙이며 대답했다.

내가 숨죽이며 피아노를 치는 동안 또다시 일주일이 지나버렸다.

이자 돈에 시달리고 있었던 현주 엄마가 말씀하셨다.

"순교야, 혹시 좀 안되겠나?"

"예, 큰누나가 보내준다 켔는데……"

나의 머릿속은 하얀 안개가 조금씩 차오르기 시작했다. 그리고 현주 엄마가 안 보는 틈을 타서 《체르니 30번》과 《하논》, 《소나티네》 책을 집어 들고 조용히 피아노교습소를 나왔다.

나의 발걸음은 집의 반대쪽을 향하고 있었다.

일부러 가로등이 없는 길만을 골랐다.

끊임없이 눈물이 흘러내렸다.

'그래, 내가 작곡을 한다는 것은 불가능한 것이었는데 애당초 시작한 나의 잘못이다. 이제 작곡의 꿈을 접고 공부나 열심히 하자!'

나 자신을 위로하려 했으나, 그 생각이 나의 눈물을 막지는 못했다. 내가 울어야 할 이유는 너무나도 충분했다.

엄마와 아버지는 밤 열한 시가 넘어야 교회에 기도하러 가시니까 나는 울 시간도 많았다.

엄마와 아버지에게 눈물을 보이기 싫었다.

한없이 울었던 나의 퉁퉁 부은 눈을 감추려 조용히 집으로 들어갔다. 피아노 책을 깊숙이 숨겼다. 옆방에서 공부에 열중하고 있던 누나는 이불을 뒤집어쓰고 한 번 더 울 수 있는 기회를 나에게 주었다. 비록 소리는 낼 수 없었지만 말이다.

다음 날 학교에서 돌아온 나는 피아노를 치러 가지 않았다. 태연히 그냥 공부를 하는 척했으나 복잡한 나의 머릿속에 글이 들어올 리는 없었다. 무엇인가를 감지한 엄마는 나에게 아무런 말도 하지 않았다. 엄마는 왜 피아노 치러 안 가느냐고 묻고 싶었을 것이다.

나도 아무런 말을 하지 않았다.

침묵이 흘렀다.

갑자기 밖이 시끄러워졌다.

"순교야! 순교야! 함 나와 봐라, 순교야!"

현주 엄마의 목소리였다. 나는 밖으로 나갔다. 현주 엄마는 나의 손을 잡고 말씀하셨다.

"미안하다. 난 니가 그렇게 힘든 줄 몰랐데이. 내가 하도 급해서 니한테 그냥 물어본 것인데, 니가 힘들었구나. 미안하데이!"

"당장 피아노 책 들고 나온나! 같이 피아노 치러 가자! 퍼뜩."

그리고 말없이 그 모습을 보고 있던 엄마에게 말씀하셨다.

"아이고, 어머님 죄송합니데이. 착한 순교 앞으로는 돈 안 받고 피아노 치게 하겠심데! 염려 끼쳐 드려 죄송합니데이."

그 말을 들은 엄마는 '감사합니더'라는 말도 할 수 없었다. 내 눈에서 엄마의 눈물이 대신 흘러내리고 있었다.

나는 얼른 방으로 들어갔다. 그리고 깊숙이 숨겨둔 피아노 책을 집어 들고 피아노교습소로 향했다. 현주 엄마의 오른손에는 나의 손이 왼손에는 현주의 동생 현경이의 손이 잡혀 있었다.

행복한 시간이 흘렀다. 그러나 또 한 번의 폭풍이 기다리고 있었다. 현주 엄마는 사정상 피아노교습소를 팔아야 했다.

피아노교습소의 매매 계약이 끝난 후 현주 엄마는 말씀하셨다.

"순교야, 이리 온나."

나의 손을 두 손으로 꼭 잡고 조용하고 진지하게 말씀하셨다.

"내가 사정상 교습소를 다른 사람에게 넘겼지만, 니는 걱정 안 해도 된데이. 내가 돈을 덜 받는 대신에 니가 학교 졸업할 때까지는 돈 안 내고 피아노를 쳐도 되게끔 이야기가 돼 있데이. 그러이꺼내 니는 기죽지 말고 열심히 피아노 쳐서 꼭 서울대 작곡과에 들어가거래이! 알겠나?!"

그리고 현주 엄마와 나는 이별하였다.

피아노교습소의 새로운 선생님은 경북예술고등학교를 졸업하신 분이었다. 현주 엄마보다 피아노를 훨씬 더 잘 치셨다.

처음에는 내가 피아노 치는 시간이 저녁 여덟 시였다. 학생들이 조금씩 늘어나자 나의 시간은 밤 아홉 시로 그리고 그다음은 밤 열 시로 옮겨졌다. 내가 피아노 연습을 마치면 거의 열두 시가 되었고 통행금지 시간 내에 집에 도착하기 위하여 뛰었다. 선생님은 힘드셨겠지만 나는 행복했다.

　학생들이 늘어나자 나의 시간은 새벽 네 시로 배정되었다. 그러나 그것이 나에게는 전혀 문제 되지는 않았다.

　피아노교습소 선생님의 꿈은 미군과 결혼하여 미국에서 사는 것이었다. 그 꿈은 눈에 쉽게 보일 정도로 적극적이었다.

　미군과 결혼할 수 있게 해달라는 백일기도가 끝난 후에는 혹시라도 미군이 지나가다 자신을 봐주길 기대하며 교습소의 문을 열고 문밖을 쳐다보는 경우를 많이 보았다. 그러나 애타는 선생님의 마음에도 불구하고 미군은 교습소에 나타나지 않았다. 그러나 군 복무를 카투사에서 하고 있는 한국 군인이 피아노를 배우러 왔다. 서울에 있는 어떤 대학에서 호른을 전공하고 있다는 말을 들었다.

　미군과의 결혼에 대한 선생님의 이루어지지 않은 크나큰 꿈은 그 카투사 군인에게로 방향이 바뀌었다.

　내가 새벽 네 시에 피아노를 치기 시작한 지 두 달이 지나고 선생님과 카투사 군인은 결혼하여 피아노교습소의 방에 살림을 차렸다. 나는 스스로 교습소를 관두고 다른 길을 찾아야 했겠지만 꿈을 이루기 위해 그럴 수는 없었다.

신방을 차린 지 이 주가 지난 어느 날, 여느 날과 다름없이 일 분이라도 피아노를 더 치기 위하여 새벽의 공기를 가르며 힘껏 교습소로 뛰어갔다.

 문을 두드렸다.

 문은 열리지 않았다.

 문을 또 두드렸다.

 문은 열리지 않았다.

 손으로는 약했던 모양이다.

 문을 발로 차며 두드렸다.

 문은 열리지 않았다(돌아서야 했을까?).

 문을 발로 차며 두드렸다.

 문은 열리지 않았다(현주 엄마가 돈을 덜 받았는데!).

 문을 발로 차며 두드렸다.

 문은 열리지 않았다. 눈물이 났다(분명히 현주 엄마와 계약을 그렇게 했다고 들었는데!).

 문을 발로 차며 두드렸다.

 문은 열리지 않았다. 주위가 밝아오고 있었다. 조금 있으면 철야기도를 하고 새벽기도를 마친 엄마와 아버지가 이 앞을 지나가실 텐데! 내가 이 열리지 않는 문을 눈물을 흘리며 두드리고 있는 모습을 보면 많이 슬프겠지.

 문을 발로 차며 두드렸다.

 그러나 문은 끝끝내 열리지 않았다. 새벽기도를 마치고 돌아오는 길

228

에 아버지와 엄마는 그날 피아노 소리를 듣지 못했다. 문 앞에 흐른 나의 눈물자국도 못 봤겠지!

'이미 고등학교 삼 학년 막바지인데 어떻게 작곡을 포기하란 말인가!'
엄마와 아버지에게 슬픈 모습을 안 들키려고 먼저 집에 온 나는 눈물을 보이지 않으려고 엄마가 도착하기 전에 책가방을 챙겨 집을 나섰다.
나의 걸음은 광명원의 대덕산 자락을 향하고 있었다.
아주 이른 시간이어서 친구인 상봉이, 현구, 영욱이, 정석이와 마주쳐 나의 눈물을 보일 염려는 없었다. 초등학교 일 학년일 때 땡땡이를 칠 때 숨어 있었던 곳 근처에 가방을 숨겨 두었다. 그리고 산을 올랐다. 묘지 뒷길에 도착했다. 사람은 극한 상황에서 엉뚱한 생각이 나는 모양이다. 길옆의 어린 소나무를 보며 '초등학교 삼 학년일 때 식목일 전후해서 선생님이 우리 집에 가정방문을 오신 적이 있지. 그때 산에 있는 어린 소나무를 뽑아다가 마당에 심었는데 곧 말라 죽었지. 지금 내가 너의 신세인가!'라고 생각하며, 괜히 어린 소나무를 발로 툭 건드렸다. 그리고 목적 없는 길을 계속 갔다.
배가 고팠다. 목이 말랐다.
점심때가 되었다. 배가 더 고팠다. 목도 더 말랐다.
저녁때가 되었다. 배가 더욱더 고팠다. 목이 더욱더 말랐다.
그러나 나의 가슴을 짓누르는 고통에 비하면 아무것도 아니었다.
땅거미가 내려앉아 사람들이 얼굴을 볼 수 없을 때 나는 산을 내려와 피아노교습소로 향했다. 그 길에서 생각했다.

능청스럽게 '아이고, 선생님 어제는 어데 댕겨 오셨십니꺼? 오늘 새벽에 안 계시데예!'라고 말해볼까?

깨끗하게 '피아노 책 가지러 왔습니다'라고 큰소리를 쳐버릴까? 그건 안 되지.

'현주 엄마와 계약할 때 내가 고등학교 졸업할 때까지 피아노 칠 수 있게 해주기로 약속 안 했십니꺼?'라고 차분하게 따져볼까?

이런저런 생각을 하며 교습소 앞에 도착했다.

이미 학생들은 없었고 조용했다. 나는 조심스럽게 문을 열었다. 그리고 선생님과 카투사 군인에게 무슨 말을 꺼내기도 전에 큰 목소리가 나의 모든 생각을 마비시켰다.

"야! 너 이제 피아노 치러 오지 마라!"

카투사 군인이 강하게 말했다. 혹시나 하며 한 오라기의 짚이라도 잡고 싶었던 나의 바람은 산산조각 나버렸다. 나의 머리와 몸은 마비되어 버렸지만 나의 눈물샘은 야속하게도 마비되지 않았다.

카투사 군인은 울고 있는 나에게 빨리 책 가지고 가라며 다시 한 번 명령했다.

나는 대답했다.

"잠깐만 참아 주이소. 눈물을 많이 흘려 세수라도 좀 하고 갈 수 없겠십니꺼? 세숫대야에 물 좀 떠주시면 고맙겠심더."

나는 마지막 동정심을 구하며 눈곱만큼의 기대를 가질 수밖에 없을 정도로 절박했다. 그러나 절대적인 침묵의 적막함을 뒤로하고 결국 피아노 책을 챙겨 교습소 문을 나와야 했다.

또다시 나의 발걸음은 집 반대쪽을 향하고 있었다.

나는 일부러 가로등이 없는 길만을 골랐고 눈에서는 이미 말라버린 줄 알았던 눈물이 끊임없이 흘러내렸다. 그리고 또 엄마와 아버지가 교회에 가시고 난 후에 집에 들어갈 수 있었다.

새벽부터 밤 열두 시까지 아무것도 먹지 않았지만 더 이상 배고프지 않았고 나의 정신과 육체는 깊숙한 절망으로 빠져들었다.

다음 날 아침 "순교야, 니 와이카노! 아이고 몸이 불덩거리 같네! 우째면 좋노!"라는 엄마의 음성을 듣기는 하였으나 내가 할 수 있는 것은 잠자는 것밖에 없었다.

오히려 아파서 천만다행이었다. 아팠기 때문에 내가 피아노교습소에서 쫓겨난 사실을 숨길 수 있지 않은가! 마음속으로 말했다.

"엄마, 나는 아파서 피아노 치러 못 간데이."

열 속에서 며칠을 보내고 있었다.

밖이 시끌벅적하였다.

우리 집에 중고 풍금이 들어왔다. 발로 바람을 불어넣으며 연주하는 귀한 풍금이 우리 집에 들어온 것이다. 비록 삐걱삐걱 소리는 났지만 나에게는 너무나 소중했다.

피아노를 대신할 수는 없지만 풀이한 화성을 쳐보고, 작곡한 것을 어느 정도 쳐볼 수 있는 풍금은 나에게 너무나 소중했다.

그리고 그 풍금은 소리가 너무나 아름다웠다. 그 소리에는 우리 엄마와 아버지의 눈물이 섞여 있었기 때문이다.

이미영

고등학교 이 학년이 되자 나는 형과 누나가 그랬던 것처럼 교회 학생부의 회장을 맡게 되었다. 총인원이 삼사십 명 정도인 소규모 교회에서는 종종 다른 교회와 체육대회 등의 행사를 열었다. 나도 우리 교회와 체육대회를 함께할 교회를 찾았다. 그 결과 칠성동에 있는 교회와 약속이 이루어졌다. 체육대회 전에 회장단 회의가 한 차례 있었다. 회의에서 나는 그 교회의 부회장인 여학생이 경북예술고등학교에 다니며 피아노를 전공하고 있다는 사실에 호감을 가졌다. 그래서 합동 체육대회를 마친 후에도 그 여학생과 연락을 계속했다. 둘 다 음악을 전공하고 있다는 사실로 남들보다 쉽게 친해질 수가 있었고 이 학기부터는 친구하기로 했다. 그 여학생의 이름은 이미영이었다.

미영이는 키가 아주 컸다. 인상은 아주 선하며 부드러웠다. 같은 나이였으나 나보다 한참 더 성숙해 보였다. 우리는 자주 만나지는 않았다. 가끔 음악회 공짜표가 생기면 서로가 연락해서 음악회를 함께 보고 잠깐 이야기를 나누고 헤어지는 정도였다. 안 보면 약간은 보고 싶었지만, 아주 보고 싶은 정도는 아니었다. 그러나 만남의 횟수가 쌓이며 조금씩 정이 들어갔다.

고등학교 삼 학년 학기 초, 사월 즈음 영남대 음대에서 신춘맞이 음악회가 열렸다. 마침 공짜표여서 미영이와 함께 가기로 약속했다. 대학입시에 바쁜 나는 미영이와 연락이 뜸했던 터라 많이 보고 싶었다. 저녁 약속시간, 영남대학교 교문에서 우리는 만났다. 오랜만에 봐서 그런지 그날따라 미영이가 더 예쁘게 보였다. 우리는 음악회장으로 향했다. 벚꽃이 활짝 핀 길을 걸으며 문득 미영이의 손을 잡고 싶다는 생각이 들었다. 그러나 미영이의 손을 잡지 못하고 음악회장에 도착해버렸다. 그날따라 음악회장까지의 길은 너무나도 짧았다.

음악회장에 입장했다. 관중석의 조명이 어두워지고 음악회가 시작되었다. 조명이 어두워지며 나의 가슴이 쿵쾅거리기 시작했다.

아! 미영이의 손을 잡을까, 말까?

갈등을 하면 할수록 나의 가슴은 더욱더 심하게 뛰었다.

'이번 곡이 끝나면 손을 잡아야지'라고 마음먹었으나 곡이 너무 짧았다.

나의 두근거림을 숨기려 박수를 열심히 쳤다.

'아! 다음 곡에서는 꼭 손을 잡아야지!'라고 생각했으나 역시 곡은 너무 짧았다.

그러다 어느덧 인터미션* 시간이 되었다. 보통 때의 인터미션에는 미영이와 이런저런 이야기를 하며 시간을 보냈지만, 그날 나는 나의 마음을 드러내지 않기 위하여 괜히 화장실에 가서 오랫동안 나오지도 않는 대변을 기다리며 시간을 보냈다.

후반부 음악회가 시작되었다.

'이번 곡에 손을 못 잡으면 나는 사람도 아니다'라고 생각했다. 결국 곡이 끝난 후 나는 사람이 아니었다.

다음 곡에서도 괜히 뭉친 어깨를 푸는 척 몸을 움직였으나 손은 잡지 못하였다. 그리고 내가 본 음악회 중 가장 짧은 음악회는 그렇게 끝이 나버렸다.

음악회장을 나온 우리는 꽃이 만발한 내리막길을 내려오고 있었다. 나는 가급적 천천히 걸으며 다시 한 번 미영이의 손을 잡을 생각을 하였으나 역시 그 길은 너무나도 짧았고, 우리는 순식간에 교문에 도착했다.

'아직 버스정류장까지의 거리가 있다. 이순교 용기를 내라'라고 나 자신에게 말하였으나 버스정류장도 쏜살같이 우리를 향해 달려왔다.

"미영아, 우리 한 정거장만 걸어갈까?"

"응."

한 정거장을 더 걸어갈 때 나는 왼손으로 책가방을 들고 있었고, 오

---

* 콘서트, 쇼 등에서 약간의 휴식 시간.

른쪽에서 걷고 있었던 미영이는 오른손에 가방을 들고 있었다. 나의 오른손과 미영이의 왼손은 자유로웠다. 가끔 손이 살짝 스치며 닿을 때는 나도 모르게 움찔하며 놀랐을 뿐, 그날 미영이의 왼손과 나의 오른손은 계속 자유로웠다. 우리는 네 정거장을 더 걸었을 뿐이다.

집으로 돌아온 나는 '아이, 병신 같은 놈!'이라고 자책했지만 공부라는 중압감은 그러한 자책을 허락하지는 않았다.

착한 미영이는
그날
내가 자기의 손을 잡기를 바랐을까!
아닐까?

소미애

　내가 열병을 앓은 지 며칠 후였다. 멀지 않은 집의 대문에 '피아노'라는 조그만 글씨가 어느 날 갑자기 붙어 있었다. 옆집인 국현이 집의 장독대에 올라가면 그 집과 마당이 보였다. 아마도 일제강점기에 지어진 듯 아주 오래된 큰 건물과 그 뒤에 작은 건물이 딸려 있었다.

　그 집은 너무나 조용했고 사람은 거의 볼 수 없었다. 여느 집처럼 개 짖는 소리도 없었고 여름에 수돗가에서 등물을 하는 모습도 보이질 않았다. 아이들이 뛰어노는 모습도 볼 수 없었다. 그러나 밭에는 여름에 크지도 않고 잘 익지도 않은 딸기가 열리기도 하며, 상품성 없는 상추가 자라고 있고, 마당에는 큰 나무가 많았고 길옆에는 사철나무가 있었지만 그 길이 항상 깨끗하게 청소되어 있는 것을 보면 분명 사람이 살고 있는 집이었다.

　바로 그 집의 대문에 '피아노'라고 쓰여 있었다.

　나는 다시 한번 용기를 내었다. '피아노'가 쓰인 쪽의 벨을 조심스럽게 눌렀다. 한참 후 우리 큰누나와 나이가 비슷해 보이는 분이 웃음으로 맞아주었다. 나는 그 누나를 따라 고요함이 깨질까 봐 조심스레 걸음을 내디디며 그 집의 뒤채로 갔다. 조그만 방 두 개가 나란히 붙어 있고 그 옆에 작은 부엌이 딸려 있었다. 나는 그 누나를 따라 피아노가 있는 방으로 들어갔다.

누나가 말을 시작하기 전에 내가 먼저 입을 열었다.

"저는 조~기 옆집에 살고 있고예, 작곡공부를 하고 있심더. 그런데 피아노를 치다가 며칠 전에 돈이 없어서 쫓겨났심더. 올해 말에 시험을 쳐야 되는데 좀 도와주시면 안 되겠심니꺼? 저는 악보를 볼 줄 알아서 피아노를 배울 필요는 없고예, 그냥 피아노만 좀 빌려주시면 됩니더."

예쁘고 상냥한 누나가 웃으며 대답했다.

"아! 그래, 그렇게 해라."

누나는 약간의 망설임도 없이 나의 부탁을 들어주었다. 너무나 고마웠다.

누나는 여동생과 살고 있었다. 원래 직장에 다니고 있었으나 미군과 결혼한 후 직장을 그만두고 미국에 먼저 들어간 남편을 따라가려고 비자가 나오기를 기다리고 있는 중이었다. 그런데 비자가 생각보다 늦게 나와서 심심함도 달래고 용돈도 벌어 쓸 겸 '피아노'란 간판을 붙이게 되었단다. 나는 그저 심심함을 달래줄 친구가 되기는 했으나 경제적으로는 아무런 도움도 되질 못했다. 어쨌든 나에게는 축복이었고 피아노를 칠 수 있는 시간도 예전보다 더 많아졌다. 누나는 나에게 도움을 주

려고 많이 노력하였으나 내가 누나에게 준 것은 한국가곡집 두 권 뿐
이었다. 구월에 있었던 음협에서 주최하는 전국음협콩쿨 작곡 부문에
서 대상을 받았고, 부상으로는 최신판 한국가곡집 1, 2권이 주어졌다.
엄마가 "그래도 기념인데"라며 아쉬워하였지만 나는 가곡집을 백 권,
천 권 더 주어도 아깝지 않을 만큼 누나가 고마웠다.

　그 누나의 동생은 나보다 한 살 위였다. 경북여고를 졸업한 후 계명
대를 다니고 있었으나 전공에 만족을 못해 재수를 할 생각을 하고 있
었다. 공부를 다시 해서 서울교대에 가고 싶어했다. 이름은 미애였고
나이가 한 살 위인 그 누나를 미애 누나라고 불렀다. 미애 누나는 나의
누나 둘 다 경북여고를 졸업했다는 사실에 상당히 친근감을 느꼈고,
또 작곡공부를 하고 있는 나에게 상당한 호감을 가진 듯했다. 그래서
우리는 아주 빠르게 친구가 되었다. 미애 누나는 '우리 내년에 같은 학
년이 될 것이니 말을 놓자'라고 하였다. 그리고 나도 그러자고 했고 그
후 우리는 더 친해졌다. 미애는 나에게 이런저런 이야기하기를 좋아했
고, 또 저녁에 같이 공부하자고도 했다. 그래서 한 번은 같이 공부한 적
이 있었으나 공부할 때 눕거나 엎드려서 또는 노래를 흥얼거리며 공부
하는 스타일인 나는 함께 공부하는 것이 불편했다. 그래서 함께 공부
하는 것은 그만두었지만 계속 친하게 지냈다. 절대로 애인 사이는 아니
었고 친구였다.

　미애는 예쁘지는 않았지만 준수한 외모에 성격이 좋아서인지 주위에
미애를 좋아하는 남자가 많았다. 같은 대학에 다니던 한 남학생이 너

무 귀찮게 한다고 나에게 불만을 털어놓기도 했다. 그 남학생이 집으로 찾아왔을 때 일부러 나와 다정한 척하며 돌려보냈다. 그리고 경북고를 졸업하고 서울대를 다니고 있는 애도 아직 자기를 잊지 못하고 자꾸 연락이 와서 귀찮다는 말도 하였다. 나는 그저 미애가 푸근하고 편한 친구였다.

미애와 행복한 시간을 보내고 있던 중 누나의 미국 비자가 나왔다. 그래서 피아노를 팔아야 하는 상황이 되어버렸다. 피아노는 팔렸고 며칠 후 나는 또 피아노 칠 곳이 없어졌다. 나는 대책 없이 한숨을 쉬고 있었다. 미애도 그 사실을 안타깝게 생각하며 마음 아파해 주었다.

그러나 또 한 번의 기적이 일어났다. 같은 교회에 다니던 나보다 한 살 아래인 임정옥의 집에서 그 집의 피아노를 사게 된 것이다. 건축일을 하시던 정옥이 아버지가 경제 상황이 안 좋아져 이쪽 동네로 이사를 왔는데 경제 상황이 좋아진 것이다. 그리고 정옥이는 언젠가는 교회 반주를 하고 싶어했다. 피아노가 정옥이 집으로 간 후 나는 은행에 다니는 정옥이 오빠와 아버지가 퇴근하시기 전에 피아노를 칠 수 있었다. 나는 어느 토요일에 조금이라도 피아노를 더 치려고 점심을 먹지 않고 피아노를 치고 있었다. 배는 고팠으나 참을 만했다. 정옥이 오빠의 부인이 나의 마음을 알았는지 라면을 하나 끓여서 김치와 함께 차려주셨다.

너무나 맛있었다.

너무나 감사했다.

예비고사를 친 후 나는 서울로 와서 누나 집에 머물렀다. 이미 도립

교회의 부목사가 된 자형이 사는 교회 사택에 함께 살았다. 도림교회는 큰 교회였고 피아노도 많았다. 나는 일요일이 아니면 소예배실의 피아노를 마음대로 칠 수 있었다. 일요일에는 교회의 반주자였던 박경숙 누나가 자신의 피아노를 내주었다. 성신여대 피아노과 대학원에 다니고 있던 경숙이 누나는 내가 피아노를 한 번도 배워본 적이 없다는 사실을 알고 물었다.

"작곡과 시험을 치르려면 청음을 할 줄 알아야 되는데 순교는 청음을 해봤니?"

"아니오, 한 번도 안 해봤습니더."

경숙이 누나는 안타까워하면서 말했다.

"그럼 청음 한 번 해볼까?"

"예."

나는 자신 있게 대답했다.

경숙이 누나가 처음 문제를 쳤는데 내가 너무 쉽게 악보를 적으니 다음에는 문제의 난이도를 높였다. 그래도 쉬웠다. 경숙이 누나가 제일 어렵다고 생각하는 수준의 문제도 그리 어렵지 않게 적었다. 그 일이십 분 정도가 대학 입학 전 청음연습을 한 시간의 전부였다.

그러나 나의 문제는 피아노였다. 음악적인 흐름은 큰 문제가 되지 않았으나, 그 흐름에 맞게 손가락이 돌아가 주느냐가 문제였다.

드디어 운명의 시간이 다가왔다.

피아노 시험은 서울대 음대의 관현악실에서 치러졌다. 그 넓은 공간 한가운데에 고고하고 당당하게 놓인, 생전 처음 쳐보는 그랜드피아노를 향하여 가느다랗게 그어진 흰 분필선을 따라 갔다.

의자에 앉았다.

바하의 〈3성 푸가〉를 치기 시작했다.

심장 박동이 너무 커서 아무런 소리를 듣지 못했다.

베토벤의 〈피아노소나타 13번〉 1악장을 치기 시작했다.

역시 아무런 소리를 듣지 못했다.

그러나 피아노를 칠 때 문득 엉뚱한 생각이 떠올랐다.

'어! 하얀 피아노 건반이 소의 이빨 같네! 검은 건반은 잇몸 같고! 그럼 지금 내가 피아노를 치는 것은 소가 여물을 먹는 것이네!'

그런 생각을 하던 중 벨소리가 들렸고, 그제야 정신이 돌아와 연주를 멈추었다. 중간에 연주를 멈추지는 않았으나 나의 피아노 점수는 아마도 최하위였을 것이다.

합격자 발표가 있었다. 나는 합격했다.

아마도 하늘이 도왔겠지!

그리고 미애도 예상대로 서울교대에 합격했다.

미애가 물었다.

"순교야 니 언제 서울 올라갈 낀데?"

"나는 ○일에 올라갈라 칸다. 그런데 와카는데?"

"엉, 나는 니하고 같이 서울 올라갈라꼬. 전에 말했던 경북고 졸업하고 서울대 다니는 그 자시가*가 자꾸 나를 지하고 같이 서울 올라가자

* '그 자식'의 사투리.

242

카는데, 나는 니하고 같이 가고 싶다."

"걔가 니 좋아하면 같이 가면 되겠네, 가하고 같이 가뿌라."

"아이다, 나는 니하고 같이 올라갈 끼다. 알았제이?!"

"그래, 알겠다."

짐을 꾸린 미애와 나는 동대구역에서 만났다. 그때 저쪽에서 한 남학생이 다가왔다.

미애가 말했다.

"내가 말하던 그 사람이다. 인사해라."

우리는 형식적인 인사를 나누었다.

시간이 되어 차를 탔다.

서울로 오는 길에 미애와 나는 옆자리에 앉아 소곤소곤 이야기를 하고 깔깔 웃어대며 다가올 장밋빛 미래를 즐겼다. 웃을 때 미애는 나의 손을 잡고 흔들어댔고, 또 졸릴 때는 머리를 나의 어깨에 살포시 기대며 눈을 감았다. 미영이는 나이가 같았지만 누나 같았고, 미애는 나이가 많았지만 동생 같았다.

저 먼 쪽에 앉아 있던 그 남학생은 우리를 부러운 듯이 쳐다보고 있었다. 미애가 머리를 앙상한 나의 어깨에 기대어 자는 동안 기차는 목적지에 도착했다.

나는 영등포역에서 먼저 내렸고, 미애는 서울역에서 내렸다.

입학한 후 서로의 생활에 빠져들며 우리는 연락이 끊겼다.

아주 긴 시간이 흘렀다.

나는 가족들과 함께 설악산에 갔다. 케이블카를 타고 권금성에 올라갔다. 멋진 봉우리들을 배경으로 사진 찍는 사람들 속에서 눈에 익은 한 여인을 발견했다.

미애였다. 나는 미애에게 다가갔다.

"미애 아이가! 우째 여기서 다시 만나노! 잘 살고 있제? 교대 졸업했으이꺼내 지금 선생님하고 있겠네."

"엉 그래, 교사하고 있다."

"그래, 나도 선화예고에서 음악교사로 있다. 와! 반갑다."

그때 사진기를 들고 있던 남자가 다가왔다. 미애가 말했다.

"우리 남편이다. 인사해라. 내하고 같은 학교에 근무한다."

나는 인사를 나누며 미애의 남편을 가까이 보는 순간 깜짝 놀랐다.

마른 체격, 중간 정도 되는 키, 잘생기지는 않았지만 밉지는 않은 얼굴, 차분하지만 약간 카리스마를 가진 인상 등 나와 비슷한 점이 너무나도 많았던 것이었다.

그 사실에 놀라 미국으로 시집간 누나의 안부를 물어보는 것을 잊어버렸다.

우리는 또다시 조용히 헤어졌다.

아마도 예전에 미애가 나를 좋아했던 것일까?

작은누나와 같은 반이었던 미애가 나를 좋아했을라고?

설마 아니었겠지?

야야! 니 욕봤데이!

고등학교 삼 학년 팔월 말쯤 미영이에게서 전화가 왔다.

"순교야, 니 우리 학교 선생님 한번 만나볼래? 우리 선생님이 계명대학교를 졸업하셨는데 작곡을 전공하셨거든, 혹시나 도움이 될지 아나?"

내가 혼자서 작곡공부를 하고 있는 것을 안타까워하던 미영이가 나에게 도움을 주고 싶었던 것이었다. 정작 내가 "미영이, 니는 무슨 대학에 갈끼고?"라고 물었을 때 미영이는 아무런 대답도 하지 않았었다. 그 질문은 몇 차례 반복되었지만 미영이는 끝끝내 대답이 없었다.

일요일 오후 나는 미영이와 동인동 로타리에서 만났다. 그리고 이성수 선생님 댁으로 갔다. 꼬불꼬불 골목길을 지나서 이성수 선생님 댁 앞에 도착했다. 미영이는 손수 벨을 눌러주었다. 그리고 재빨리 골목 저쪽 다른 곳으로 자기의 몸을 숨겼다.

난닝구* 차림의 이성수 선생님이 부채를 부치시며 문을 열어주셨다.

---

* '러닝셔츠'의 사투리.

연신 부채를 부치시며 이성수 선생님이 말씀하셨다.

"앗따, 덥다! 니도 덥째? 자 방으로 들어가자. 그런데 니는 어느 대학에 가고 싶노?"

"저는 서울대학교에 갈라꼬 합니더."

나의 대답을 들은 이성수 선생님이 갑자기 발걸음을 멈추셨다.

"어, 그래? 나는 서울대는 잘 모르는데……? 그러면 내가 다른 선생님을 소개해주께. 대구에서 서울하고 연결되는 사람은 그쪽밖에 없겠다! 니 쪼끔만 기다리레이!"

선생님은 방에서 전화번호를 적은 쪽지를 가지고 나오셨다.

"내 동창인데 지금 서울대 작곡과 대학원에 다니고 있으이까네, 니를 도와줄 수 있을 끼다."

그리고 쪽지를 건네주셨다. 나는 그 쪽지를 받아들고 "선생님 감사합니더"라고 말씀드리며 수차례 구십 도 이상의 각도로 허리를 굽혀 인사를 드렸다. 나는 그 쪽지에 쓰인 글이 땀에 젖어 잘 안 보이게 될까 봐 주머니에 넣지 않고 조심스럽게 손에 들고 집으로 왔다.

집으로 돌아온 나는 안승태 선생님께 전화를 걸었다. 그리고 선생님과 만날 약속시간을 잡았다. 대학 강의를 하시는 데다 서울대 대학원 수업을 받으시는 선생님이 워낙 바쁘셔서 주말 외에는 시간이 나질 않았다. 나는 일주일 후 약속된 날을 손꼽아 기다렸다.

일이 주 후 나는 파동으로 가는 오 번 버스를 탔다. 파동 정류장에 내려서 길을 건넜다. 버스가 온 역방향으로 이십 미터를 내려갔다. 약국

골목으로 들어갔다. 몇 골목을 지나 개천이 있었는데 그 개천길을 따라 우측으로 하나, 둘, 세 번째 집에 도착해서 문패를 보았다.

'안승태'라는 문패를 확인한 후 나는 크게 심호흡을 하였다. 초인종을 누르려다 그만두었다. 나는 운동을 할 것도 아니면서 몸을 풀었다.

그러고 나서 쓸데없이 네 번째 집, 다섯 번째 집을 더 지나 열 번째 집 넘게 문패를 확인하고 돌아왔다. 다시 한 번 큰 심호흡을 하였다. 그리고 나의 심장 중심을 누르듯 초인종을 눌렀다.

내 심장의 두근거림과 가쁜 호흡에 묻혀 사모님의 발자국 소리는 듣지 못하였다. 그러나 문은 열렸고 사모님은 경상도식 서울말로 나를 반갑게 맞아주셨다.

"오셨어예! 이쪽으로 오이소."

나는 사모님을 따라 방으로 들어갔다.

방으로 들어가 조용히 기다렸다.

늦더위에 일을 마치고 샤워를 한 안승태 선생님이 방으로 들어오셨다.

"어, 그래. 내가 이성수 선생님한테 전화 받았다. 서울대를 가고 싶다 켔나?"

"예."

"그라면 지금까지 어떤 선생님한테 배웠노?"

"예, 저 혼자 공부했심더."

"하!" 하시며 뒤통수를 강하게 맞으신 듯한 안승태 선생님은 어안이 벙벙한 모습으로 말씀하셨다.

"야! 니 서울대 작곡과가 어떤 데인지 알기나 하니! 허허! 니를 보이꺼내 머리도 똑똑해 보이고 공부도 못하지 않게 보이꺼내 니는 그냥 공부해서 다른 대학 가는 게 좋겠다."

"아입니더. 저는 서울대 작곡과 갈랍니더."

안승태 선생님이 한심하다는 듯이 아무런 말씀 없이 천장만 쳐다보고 계실 때 사모님이 말씀하셨다.

"혹시 레슨비는 얼마나 생각하고 오셨어예?"

그 말은 공기의 진동을 통해 나의 귀에 부딪쳤다. 그리고 귀에서 증폭된 그 소리는 나의 귓구멍을 파고 들어와 고막을 강렬하게 진동시켰다. 조용한 소리였지만 찢어지게 흔들린 고막의 신호는 나의 뇌를 통하여 심장에 도달하였고 결국 내 영혼의 뇌관을 건드렸다.

우르릉 쾅! 우르릉 쾅! 번쩍 번쩍.

초신성이 폭발하였다. 그리고 블랙홀로 모든 것을 무섭게 빨아들였다.

또 폭발하며 은하계가 반짝였다. 그리고 더 큰 블랙홀이 은하계를 빨아들였다.

또 폭발하여 은하단이 반짝였다. 그리고 더 큰 블랙홀이 은하단을 빨아들였다.

상상할 수 없이 빠르고 시끄러운 폭풍이 미친 듯이 방향을 바꾸어가며 회오리쳤고, 그 가운데서도 죽음의 정적과 엄청난 혼란이 끝없이 교차되었다.

강렬한 빛으로 눈을 뜨지 못하고, 엄청난 굉음으로 굳은돌이 되어버린 나에게 구원의 소리가 들렸다.

"그래, 니가 무슨 말하는지 알겠다. 고개 들거라."

안승태 선생님이 말씀하셨다.

나는 비로소 다시 조심스럽게 숨을 쉬기 시작했다. 이 세상의 공기는 시원하고 달콤했다. 나는 다시 살아났다.

나는 호흡을 멈추고 천년을 버틴 유일한 사람일 것이다.

"그런데 내가 니를 무턱대고 봐줄 수는 없는 거 아이가! 그러이까네 다음에 니가 공부한 것 한번 갖고 와봐라. 그래야 내가 니를 볼지 안 볼지 말할 수 있겠제? 니가 재주가 없다 카먼 내가 '치아뿌라'라고 말할 끼데이. 다음에 내가 그칸다 케도 섭섭해 하지 말그래이."

"예, 알겠심더."

나는 큰 소리로 대답하였다.

방을 나오며 "선생님 고맙심더!", 신을 신고도 "선생님 고맙심더!", 대문을 나서면서도 "선생님 고맙심더!"라고 재차 말씀드렸다.

문이 닫힌 후에도 나는 대문에 절을 하며 속으로 말했다.

'선생님, 참말로 고맙심더예!'

약속된 다음 토요일, 나는 지금까지 내가 혼자서 공부했던 음악노트를 가지고 갔다.

피아노 앞에서 선생님은 나의 초라한 음악노트를 펼치셨다.

"어!"

"어어!"

"어어어!"

"니 작곡 그만두면 안 된데이!"

"어!"

"어어!"

"어어어!"

"니 작곡 계속해야 된데이. 그만두면 큰일 난데이!"

그날 선생님의 모든 말씀은 거의 감탄사였다.

돌아오는 길 나의 가방에는 내가 가지고 갔던 음악노트 외에 선생님께서 주신 두 권의 멋진 음악노트와 악보를 잘 그릴 수 있는 독일산 연필 세 자루 그리고 악보를 깨끗하게 지울 수 있는 수입 지우개가 들어 있었다.

실바람이 춤을 추며 나의 뺨을 어루만졌다.

한여름 내내 눈을 부릅뜨고 대지를 달구었던 태양도 보통 때의 무게를 벗어버리고 전깃줄에 앉은 참새들과 함께 푸른 하늘을 노래 불렀다.

반짝이며 흐르는 방천의 물도 그냥 무심히 흐르지 않고 물고기들과 골뱅이들과 다정하게 이야기하며 행복한 목적지로 천천히 즐겁게 흐르는 듯했다!

짧은 두 달 정도의 시간이었지만 나는 그동안 혼자 공부하며 궁금했던 수많은 것들을 질문할 수 있었고, 안승태 선생님은 친절히 대답해주셨다. 그리고 나를 끝없는 칭찬으로 격려해주셨다. 내가 앞으로 천년을 더 작곡한다고 해도 그때 그만큼의 칭찬은 들을 수 없을 정도였다. 선생님께서는 나의 부족함을 칭찬으로 채워주셨다.

예비고사를 쳤다. 선생님께서 전화를 하셨다.

"니 다음 토요일에 서울 갈 준비하거래이."

토요일에 선생님과 함께 고속버스를 타고 나는 태어나서 처음으로 서울로 갔다.

고속버스터미널에서 내려 버스를 타고 한참 갔다.

서울대 작곡과 교수이신 이성재 선생님 댁에 도착했다.

"선생님, 이노마가 아주 재주가 있습니다. 아버지가 상이군인이어서 집안 형편이 어렵심더. 그러니 교수님께서 많이는 말고 간간이 봐주시면 고맙겠심더."

안승태 선생님이 말씀드렸다. 이성재 선생님은 그 말을 흔쾌히 받아들여 주셨다. 그리고 나는 며칠 후 서울로 올라왔다. 이성재 선생님은 지금까지의 서울대 기출문제를 나에게 기꺼이 제공해주셨고, 간간이 좋은 충고도 해주셨다. 그것은 나에게 엄청난 도움이 되었다.

그러나 나에게 결정적인 한 번의 위기가 있었다.

서울로 올 때 나는 서울대학교 입시원서를 작성해서 가져왔다. 나는 서울대 이외 어느 학교의 원서도 쓰지 않았다. 그리고 필요한 서류인 생활기록부를 챙겨왔다. 입학원서를 제출하려고 생활기록부를 챙겨서 학교로 갔다. 많은 학생들이 줄을 서서 자신의 접수 순서를 기다리고 있었다. 그런데 내 눈에 뭔가는 이상하지만 결정적으로는 뭔지 모를 이상이 감지되었다. 아마도 색깔의 문제인 것 같았다. 나의 줄이 짧아지고 내 앞의 학생이 입학원서와 하얀 생활기록부를 제출하는 것을 본

나는 내 손에 있는 생활기록부를 쳐다보았다.

아뿔싸! 내 손에 들린 것은 하얀색의 생활기록부가 아니라 하늘색인 건강기록부였던 것이다! 나는 너무나 당황했다. 나의 건강기록부를 본 직원이 슬쩍 웃었다. 큰 소리 내어 떠들며 웃지 않아서 고마웠다. 물론 원서 접수는 되지 않았다. 당황한 나는 빨리 집으로 전화를 했다. 다행히도 원서 마감은 다음 날까지였다. 다음 날 아침 기차를 타고 온 작은누나가 나에게 하얀 생활기록부를 넘겨주었고, 나는 무사히 그 어렵고도 험난한 원서 접수를 할 수 있었다.

합격자 발표를 보고 안승태 선생님께 전화를 드렸다. 그리고 흥분해서 말했다.

"선생님예! 저 합격했심더! 고맙심더! 선생님 덕분입니더!"

안승태 선생님이 간단명료하게 대답하셨다.

"아이다. 니가 잘해서 됐지 뭐! 야야! 니 욕봤데이!"

그게 다였다.

에필로그
Epilogue

대학에 입학했다.

다른 학생들은 피아노를 아주 잘 쳤다. 음악에 대해 아는 것도 많았다. 그래서 그런지 대학교에 입학한 것 자체에 만족을 하는 애들이 많았다. 나는 그것이 이상하게 여겨졌다.

'언젠가는 세계적인 작곡가가 되어야 한다'는 것이 나의 생각이었는데 다른 애들은 별로 그렇지 않은 것 같았다.

그렇다고 대학교 때 잠을 안 자며 공부하거나 작곡만 한 것은 아니었다.

내 삶의 부족했던 부분들을 채우려고 많은 술을 마셨고, 대화, 독서, 방황도 많이 하였다.

1983년 제3회 MBC대학가곡제에 동기 동창이며 가장 친한 친구인 신동수가 참가했다.

곡 제목은 〈산아〉였는데 당연히 대상을 탈 것으로 예상했고 예상대로 대상을 탔다. 그리고 그 곡은 지금도 한국에서 가장 유명한 가곡 중의 한 곡이다.

MBC대학가곡제는 상품과 상금이 다른 콩쿠르와 비교할 수 없이 컸다. 상금으로 팔십만 원을 주었고 당시 백만 원이 넘었던 대우로얄피아노 한 대와 문교부*장관 표창도 주었다.

그 화려한 상금과 상품을 남 주기는 아까웠다. 그래서 나는 다음 해 제4회 MBC대학가곡제에 참가하기로 마음먹고 〈초혼〉을 작곡하였다.

* 현재의 문화관광부.

그리고 계획대로 대상을 받았다.

MBC대학가곡제는 전국에 방송되었고 얼마 동안 나와 현주 엄마를 유명인사로 만들었다. 가곡제 후 나는 잡지사와 인터뷰를 했었고, 라디오와 텔레비전에 반짝 출연도 했었다.

내가 상금을 타기 전 우리 집에는 흑백텔레비전이 있었다.

내가 상금을 탄 후에 우리 집에는 컬러텔레비전이 생겼다.

매일 성경이나 설교를 들을 수 있는 라디오나 녹음기를 끼고 사시는 아버지가 우리 집에 컬러텔레비전이 생긴 것을 제일 좋아하셨다. 흑백텔레비전이나 컬러텔레비전이나 소리 들리는 것은 당연히 똑같음에도 불구하고.

그리고 그 달의 전화요금은 다른 달보다 제법 많이 나왔을 것이다.

조금 더 많이 나온 전화요금을 내면서도 엄마는 광명원 시절 뒷집과 앞집에 살았던 상봉이 엄마와 경자 엄마에게 전화한 순간들을 떠올리며 오히려 기뻐했을 것이다.

나는 지금도 눈물이 많다. 약간만 슬픈 장면을 봐도 눈물을 잘 흘린다. 엄마가 흘린 것만큼 많은 눈물을 흘려 나의 눈물이 마를 때쯤이면 명곡을 남길 수 있을까?

"나의 음악을 이해하는 사람은 모든 불행으로부터 벗어날 수 있다"라고 말한 베토벤처럼, 나도 그 말을 할 수 있을까?

나는 천재적인 작곡가는 아니다, 그저 열심히 작곡할 뿐이다.

작곡을 하다 보면 잘될 때도 있고 잘 안될 때도 있다. 좋은 곡이 나올 때도 있고 별로 안 좋은 곡이 나올 때도 있다.

열심히 작곡하다 보면 언젠가는 좋은 곡이 나오겠지만, 나는 무조건 좋은 작품을 써야 된다.

좋은 곡을 써서 약간의 돈을 모아야 한다!

그 돈으로 내가 죽을 때 세상에서 가장 큰 텔레비전을 사가지고 하늘나라로 가야지!

그러면 앞을 보지 못하는 사람들이 모여 살았던 광명원光明院에서 나와 우리 식구들, 찬란히 빛나는 하늘나라에서 기다리고 계시는 우리 아버지가 아주 기뻐하실 것이니까!

아버지는 두 눈으로 밝게 미소 지으며 두 팔로 나를 반갑게 꼭 껴안아 줄 것이다!